Theo Bromien

Hohe Satiere

Hohe Tiere füttern Satire

Theo Bromien

Hohe Satiere

Hohe Tiere füttern Satire

Satiren – Parodien – Essays

Bibliografische Information der Deutschen Nationalbibliothek:
Die Deutsche Nationalbibliothek verzeichnet diese Publikation in der
Deutschen Nationalbibliografie; detaillierte bibliografische Daten sind
im Internet über http://dnb.dnb.de abrufbar.

© 2014 Theo Bromien
Herstellung und Verlag: BoD - Books on Demand, Norderstedt
Printed in Germany
ISBN 978-3-7357-5484-4

INHALTSVERZEICHNIS:

Leidwort: Hohe Tiere füttern Satire *(Essay)*   6

Direktpostservice statt Schneckenpost   30

Trilogie: Hohe Tiere   35

Unter übergeordneten Abgeordneten   36

Große Tiere – kleine Tiere   42

Ex-Stasi in tierischer Ekstase   43

Staates Diener, sei kein Frosch!   49

Alphatiere moderner Kunst – Oh wei wei!   51

In Cognito I   59

Who is Hu?   60

In Cognito II   64

Image-Coaching im Kanzleramt   65

Schräge Vögel   74

Der Radioactivita Oxydae   76

Jedem Tierchen sein Pläsierchen   81

Bioleck im Nomade   83

Moderatoren-Pogrom   93

Geflügelte Worte   94

Als der Stute hengstlich zumute   101

Rosskuren für den Amtsschimmel *(Essay)*   102

Homo Sapiens erster Klasse   111

Der Homo Animalis *(Essay)*   113

Leidwort: Hohe Tiere füttern Satire

Politiker machen aus ihrem Auftreten gerne einen Auftritt. Und der Auftritt des Homo politicus und anderer Hoher Tiere unterfüttert die These von der Überfütterung mit Satire. Doch aus Sicht der Kabarettisten ist die Politik samt ihrer Alphatiere ein gefundenes Fressen.

Bei der Beschreibung drängt es sich auf: Unsere Sprache verrät die Allgegenwart des Tieres und des Tierischen im Menschen. Das bezeugen hunderte Redewendungen, die auf kleine und Hohe Tiere anspielen. Ob Friedenstauben oder Falken; Währungsschlangen oder Finanzhaie. Ob Drohnen oder Heringe (mit vier Bedeutungen). Ob Reißwolf oder Rosskur. Von Hosenstall bis Stallgeruch. Vom Kuhhandel zum Hammelsprung. Von der fleißigen Biene bis zum faulen Schwein. Von vogelfrei bis Vogel-Strauß-Politik. Vom Amtsschimmel bis zum Eselsohr. Vom Bundesadler bis zur Nachrichtenente. Von der Stutenbissigkeit einer Alice Schwarzer bis zur Stiernackigkeit des legendären Strauß.

Damit sind wir bei den Alphatieren. Sie geben in der Gesellschaft den Ton an. Einige bestimmen die Richtung in der Meinungsmache. Gesellschaftlich oder politisch. Sie heißen Harald Schmidt der Untertainer oder Helmut Schmidt der Überkanzler. Kässmann oder Zöllitsch. Grass oder Schwarzer. Sloter und Dijk. Heiden und Reich. Reich und Ranicki. Steinbrück oder Merkel. „Merkel!" (hier als ein Kürzel für Merkzettel): Publikumslieblinge sind Vorbilder, die ihre Frontstellung seit Jahrzehnten verteidigen oder sich in die vorderen Reihen vorkämpfen wollen.

Die Medien sprechen von ihnen wie einem Koryphäenzoo. Ein ziemlich exklusives Panoptikum exotischer Vögel, samt gieriger Asgeier, liebevoller Katzen sowie angriffslustiger Tiger und brüllender Löwen. Manche von ihnen umgeben sich mit einer besonderen Aura. Bei dem Philosophen Richard David Precht gehört dazu der schillernde und geheimnisvolle Elefantenrüsselfisch, den er Besuchern gerne in seinem Heimaquarium zeigt. Dem Tier sagt man eine hohe emotionale Intelligenz nach. Der Elefantenrüsselfisch soll ein komplexes Sozialleben haben und sein Gehirn ist im Vergleich zum Körper sehr groß. „Nachtijall, ick hör dir trapsen!"

Spezialisierte Agenturen preisen gerne ihre Vorträge an. Die *CSA Celebrity Speakers* ist eine führende europäische Agentur und bietet über das Internet an die tausend Redner feil. Auf diesem Gebiet geht es zu wie im Online-Warenhauskatalog. Da tummeln sich der Schiedsrichter Markus Merk und der ehemalige BDI-Präsident Olaf Henkel. Selbst Norbert Blüm bessert seine Rente auf. Clement, Geißler, Genscher, Gorbatschow und Fischer machen Geld aus Ihrem modrigen Amtswissen und aus ihrer einstmals mächtigen Position. Bei Genscher und Fischer werden mehr als zwanzig tausend britische Pfund fällig. Auch Helmut Schmidt, Lothar Späth und Sloterdijk gehören zum Angebot.

Peer Steinbrück soll 25.000 Euro von den Bochumer Stadtwerken für einen Vortrag erhalten haben. Unglaublich, und zwar nicht wegen seines Statuses als Kanzlerkandidat. Nein, wegen der Qualität seiner Rede. Bei Gerhard Schröder schlägt eine amerikanische Agentur mit über 50.000 Euro zu; damit gehört er zur Spitzengruppe in Deutschland. Bei Bill Clinton ist es mehr als das Dreifache, zuzüglich Leibwächter und Spesen. Ob Euro, Pfund oder Dollar, ihre Devise lautet immer: Schweigen ist Silber, Reden ist Gold.

Ganz nebenbei tun die Herrschaften etwas für die Wirtschaft. Denn bei 20 Prozent Provision brauchen die Agenturen nicht zu leben wie ein Hund.

Nicht nur krumme Hunde und komische Vögel, alle Tiere lieben unsere Hauptstadt. In Berlin leben fast genauso viele Nachtigallen wie in ganz Bayern. Außerdem 600 Waschbären und tausende Füchse. Niemand kennt ihre genaue Zahl. Berlin ist damit die artenreichste Hauptstadt ganz Europas. Politikertypen nicht einmal mitgerechnet.

Der französische Philosoph Sartre philosophierte, dass jede Gesellschaft die Terroristen habe, die sie verdiene. Ob wir dann auch unsere Politiker verdient haben? Oder verdienen diese bloß an uns? Mit guten Gagen und mit manchen Extras, bis zu sogenannten Beraterverträgen und Extraposten in Aufsichtsräten. Sie erquicken Millionen von uns Abend für Abend vor der Glotze. Die Nachfrage beim Publikum ist riesig. Talk-Shows mit lebenden Politikern als Stars in den öffentlich-rechtlichen Unterhaltungsbedürfnisanstalten überschlagen sich. Bisweilen gelingt diesen Rednern sogar der Überschlag mit wechselnden Meinungen.

Fernsehsender überbieten sich geradezu beim Kabarettprogramm. Der Unterhaltungswert der Politiker ist enorm. Insofern sind sie ihre Honorare jedenfalls in dieser Sparte wert.

Die größten Erfolge des Kabaretts werden heute aber außerhalb der Politik gefeiert. In der Comedy. Eine kulturpessimistische Deutung dieses Wandels lautet: Infantilisierung in apolitischen Zeiten. Josef Hader, berühmter Politkabarettist aus Österreich, hadert wenig mit dieser Entwicklung. Er findet, es sei das gute Recht der Gesellschaft, sich Komiker zu halten, die unpolitischen Unsinn machen. Schlechtes Kabarett mache ihn viel hasserfüllter als schlechte Comedy.

Vor Nachschub an Material aus der Politik jedenfalls können sich die deutschen Satiriker kaum retten. Die Politbühnen sind ein zuverlässiger Nahrungslieferant. Die Versorgung mit Satire ist gut. Satiriker jeder Couleur schießen wie Pilze aus dem Boden. Man kann schon von einem Berufsstand sprechen. Die Integration türkischer Einwanderer ist in dieser Branche gut vorangekommen, wenn man an die Zahl türkischer Comedians im Fernsehen denkt. Die Gründung einer Gewerkschaft wird nicht auf sich warten lassen, auch wenn die Arbeitsbedingungen vorbildlich sind. Es herrscht Hochkonjunktur. Die Politik liefert Material in Hülle und Fülle, das gesichtet, aber kaum bearbeitet werden muss. Poltiker liefern ihre Vorlagen oft servierfertig für den Endverbraucher. Als Realsatiren.

Allerdings warnt uns der österreichische Altkabarettist Werner Schneyder: „Realsatire ist, wenn man sich über einen Politiker totlacht und tatsächlich stirbt." Dann doch lieber ins Kabarett!

Die besten Satiriker sind sowieso in der Politik tätig. Nur wissen tun sie das nicht. Der Übergang vom Politiker zum Satiriker ist beinahe fließend. So kommen manche Politiker als Satiriker rüber, obwohl sie das ernst meinen was sie sagen. Umgekehrt haben manche Kabarettisten das Zeug zum Politiker. Da gibt es den Kabarettisten Pepe Grillo, der als Seiteneinsteiger und Parteiführer bei den italienischen Parlamentswahlen 2013 erfolgreich war. Kanzlerkandidat Steinbrück (in den Schnüffelakten der Stasi nur Steinbock genannt), der sich ebenso verdient um die Unterhaltung des deutschen Publikums machte, hat das Wahlergebnis wegen der Erfolge von Grille und Bärlustconi als einen Sieg zweier Clowns bewertet.

Manche Hohe Tiere verhalten sich auf diplomatischem Parkett wie der berühmte Elefant im Porzellanladen. Durch ihr Herumbrummen mausern sie sich zum Problembär ihrer Partei. Steinbock weniger als Bärlustconi.

Über den englischen Fußballstar Wayne Rooney frotzelten die Medien, er sei eine „Ein-Mann-Büffelherde" auf dem Spielfeld. Gilt Ähnliches auch für Peer Steinbrück auf dem Spielfeld der Politik? Als Bundesfinanzminister drohte er in der hitzigen Steuerfluchtdiskussion den Schweizern gar, die Kavallerie ausreiten zu lassen. Kann so jemand Kanzler? Beim Abkanzeln liegt er jedenfalls weit vorne.

Islands beliebtestem Polit-Komiker Jón Gnarr gingen der Bankencrash und der Finanzskandal sehr zu Herzen. Also ging er in die Politik und wurde 2010 auf Anhieb Bürgermeister der Hauptstadt. In Umfragen lag er 2013 bei 37 Prozent Anhängern. Warum? „Weil es ihm ernst ist mit seinem Spass", sagt seine Frau. Dazu befragt, wofür er stehe, meint Gnarr am Ende seiner Amtszeit: „Vielleicht Freude? Anarchie? Humor? Wissen Sie, einen Witz zu analysieren, das ist so, als wolle man einen Frosch sezieren. Es bringt wenig und der Frosch stirbt daran. Ich will kein toter Frosch sein, also kämpfe ich weiter und hör jetzt erstmal auf."

Ausgeprägtes Talent bewiesen Italiens Berlusconi und Frankreichs Sarkozy. Dies bemerkte auch der Fernsehsender ntv und titelte eine großseitige Werbeanzeige mit dem Konterfei der Beiden: „Von unseren Schauspielern kann Hollywood nur träumen!" Der Unterschied zum richtigen Theater ist finanzieller Natur. Im Theater wie im Kino zahlt man den Preis vor dem Eintritt. Bei der Politbühne zahlt man die Zeche erst nach den Wahlen, wenn die Katze aus dem Sack gelassen wird, meist im Wege von Steuererhöhungen.

Das alljährliche Sommertheater und gelegentliche Elefantenrunden beweisen: Spitzenpolitiker haben Schauspieltalent. Und Talent braucht man fürs Überleben im Politzirkus. Bei dieser Nähe scheint es nur gerecht, wenn die Jury für den „Deutschen Kleinkunstpreis" auch mal einen Politiker ins Kalkül zieht. Sowie beim Aachener „Orden wider das ernstliche Tier". Für Kleinkünstler gibt es passende Auszeichnungen wie den „Mindener Stichling" oder das „Schwarze Schaf vom Niederrhein" oder die „Barocke Sau vom Bodensee". Die Berliner Stachelschweine und andere Bühnen könnten starke Konkurrenz aus der Politik bekommen. Warum nicht mal einen Abgeordneten oder Minister nominieren? Für die beste Realsatire.

Helmut Kohl gehört zu denen, die unverdient um einen solchen Preis gebracht wurden. Kohl ist bekannt für das politische Schlagwort, er genieße die „Gnade der späten Geburt" (vor dem Hintergrund der Schuld in der NS-Zeit). Dem ließe sich längst die „Ungnade des späten Ablebens" hinzufügen. Schließlich hat er die Aufdeckung seiner Verwicklung in den Parteispendenskandal noch miterleben müssen. Namen nannte er nicht, auch vor Gericht blieb er stumm wie ein Fisch. Zu seiner Vita als Historiker wollte so gar nicht passen, dass er seine eigene Stasi-Akte nicht der Öffentlichkeit zugänglich machte. Er erwirkte ein gerichtliches Verbot gegen die Veröffentlichung. So wurde Kohl reichlich spät zu einem Kämpfer für den Datenschutz. Wenn auch nur für den Eigenen.

Wen wundert es noch? Der Politiker gilt per se als schlecht. Schon Goethe lässt den Studenten Brander sagen, das „politisch Lied" sei ein „garstig Lied". Thomas Mann beschreibt im Jahre 1918 in seinen „Betrachtungen eines Unpolitischen" den Politiker als ein „niedriges und korruptes Wesen, das in geistiger Sphäre eine Rolle zu spielen keineswegs geschaffen ist". Im deutschen Bürgertum gibt es eine lange Tradition der Politikverachtung. In der Weimarer Republik wurde das Parlament nur „Schwatzbude" genannt. Heute, etwas feiner, reicht es immerhin für einen Politzirkus und ein Sommertheater.

Politiker gelten als Angehörige einer Kaste, die nicht viel kann, aber zu allem fähig ist. Sie verstehen wenig von Volkswirtschaft, aber alles von Postenwirtschaft. Enzensberger stellt dazu fest: Sie blamieren sich mit ihren Prognosen, aber an ihrer umfassenden Kompetenz zweifeln sie nie.

Hohe Tiere der Politik profilieren sich als Sündenböcke. Und tragen selbst Sorge dafür. Für Sartre hat wie gesagt jede Gesellschaft die Terroristen, die sie verdient. Da klingt Sartre wie Satire. Nun, selbst wenn wir die Politiker nicht dazu zählen: Wenn wir unsere Terroristen verdient haben, dann erst recht die Politiker. Schließlich haben wir sie selbst gewählt.

Das Gefühl der Menschen, die Politik werde hinter ihrem Rücken gemacht, also das Unbehagen über das Demokratiedefizit lässt sich nicht mit Hochglanz-Informationsbroschüren, coolen Fernsehspots oder mit großformatigen Parlaments-Übertragungen ausräumen. Noch weniger mit großformatigen Bauzäunen und Wasserwerfern.

Der Parteienforscher Korte, früher einmal Direktor der *NRW School of Governance* (die sogenannte „Ruhrpott Harvard") glaubt, dass im „autistischen Subsystem Berliner Republik" der Kontakt zum normalen Bürger fehlt, und zu dem, was er denkt, fühlt und täglich erlebt. Der Politikverdrossenheit der Bevölkerung steht laut Korte eine Bevölkerungsverdrossenheit der Politiker gegenüber.

Dazu passt, dass Beobachter eine neue Gefahr ausmachen. Politiker bilden nach Teilen von Zuwanderern eine weitere Parallelgesellschaft mit Integrationsdefiziten. Sie parlieren in akademischen Zirkeln und senden ihre Kinder auf Internate in England. Ihr Leben gleicht vielmehr dem Alltag ausländischer Diplomaten als dem Alltag eines Normalbürgers in einem Mietshaus.

Das reizt zu einem Vergleich: Vor Einführung der Demokratie galt den Gebildeten die aus dem Lateinischen entliehene Lebensformel „Quod licet lovi, non licet bovi." Wortgetreu übersetzt: „Was dem Jupiter erlaubt ist, ist noch lange nicht einem Rindvieh erlaubt." Das bedeutet, ähnlich wie im Faustrecht, dass der Oberschicht gestattet war, was sich die Unterscheicht auf keinen Fall erlauben durfte.

Für Satiiiere sind Politiker ein gefundenes Fressen – durch ihr jämmerliches Versagen: Denn wer erlaubt schon die Züchtung von Rassehühnern, die sich nicht einmal mehr auf den Beinen halten können?! Und dann erteilt das Europäische Patentamt noch ein Biopatent auf das arme Geschöpf. So geschehen bei der berühmt gewordenen Krebsmaus und ihrer Nachfolgerin, der Herz-Kreislauf-Ratte. Auch bei der amtlich patentierten Turbo-Kuh, die aufgrund der Milchmenge an schrecklichen Euterentzündungen leidet und viele Tiere mehr. Das ist Satiere pur, Satiere mit „ie".

Tierschutz hat sich die weltweite Naturschutzorganisation WWF auf die Fahnen geschrieben. Besser gesagt auf Papier. Nur ein Papiertiger also? In Indien werden Tiger durch das WWF-eigene Reiseunternehmen mit 150 Jeeps täglich acht Stunden durchs Tigerreservat gejagt. Von betuchten Ökotouristen, die rund 10.000 Dollar dafür zahlen.

Lokale Aktivisten beklagen, im Namen des Ökotourismus werde der ursprüngliche Wald zerstört. Mit Unterstützung des WWF Argentinien wurde im Gran Chaco, dem größten Savannenwald der Erde, eine Sojawüste errichtet, die doppelt so groß wie die Fläche Deutschlands sei. Monsanto setzt dabei zur Unkrautvernichtung Glyphostat ein, eine angebliche Weiterentwicklung des im Vietnamkrieg eingesetzten *Agent Orange*, das Fehlbildungen bei Embryonen und eine rapide steigende Krebsrate auslöst.

Der Deutsche Naturschutzring, Greenpeace und Friends of the Earth stehen dem WWF spinnefeind gegenüber. Sie glauben, dass der WWF der Industrie einen Bärendienst erweist. An Runden Tischen mit der Industrie stellt der WWF den Gentechnik-Unternehmen wie Monsanto Zertifikate aus, dass sie Palmöl und Soja nachhaltig produzieren. Nestbeschmutzung oder Kuhhandel?

Der WWF mit Sitz in Genf ist nach WDR-Recherchen mit dem Geld- und Blutadel verquickt. Der Club entstand vor fünfzig Jahren, zur Zeit der Entkolonialisierung, als Hohe Tiere der europäischen Adelshäuser um ihre Jagdgebiete fürchteten. Prinz Bernhard der Niederlande war der erste Präsident. Coca-Cola, Shell, Siemens und Monsanto sollen zu den Spendern gehören. Wen wundert da ein Spendenaufkommen des WWF, das mit einer halben Milliarde Euro jährlich beziffert wird? Vizepräsident Jason Clay bekannte sich im Sommer 2011 zur Gentechnologie. Ein Wolf im Schafspelz? [1]

Der spanische König Juan Carlos musste im Jahr 2012 sein Amt als Ehrenpräsident des spanischen WWF aufgeben. Das Bild des stolzen Monarchen, der mit Jagdgewehr im Arm vor einem abgeschossenen Elefanten posiert, empörte die Spanier in Krisenzeiten. Und das nur, weil der König seine Untertanen darauf einstimmte, den Gürtel enger zu schnallen, während er zur Safari nach Botswana reiste. Rein gerüchteweise in weiblicher Begleitung, während seine Ehefrau in Griechenland weilte. Als Frauenjäger war Juan Carlos bekannt. Als Großwildjäger wurde er nur bekannt, weil er sich dabei – und nur dabei – ein Hüftgelenk brach.

Herrschen in Deutschland afrikanische Verhältnisse? Bei dem gegenwärtigen Tierschutzrecht gibt es in Deutschland effizienten Tierschutz vor allem für Bakterien. In Krankenhäusern gibt es viel zu viele

Keime. Dafür aber viel zu wenige Krankenschwestern. Aber bis heute wurden nicht einmal schmerzhafte Brandzeichen bei Pferden abgeschafft; Ferkel dürfen noch bis 2018 ohne Betäubung kastriert werden.

Zu den armen Schweinen gehören gewissermaßen auch Säuglinge. In den ersten sechs Lebensmonaten dürfen Säuglinge nämlich auch von ausgebildeten religiösen Beschneidern, beschnitten werden, die keine Ärzte sind. Ein fauler politischer Kompromiss.

Oder wird die Verantwortung allzuleicht auf die armen Unschuldslämmer aus der Poltik geschoben? Verdienten Politiker nicht doch etwas mehr Dankbarkeit? Ja, na klar, als Arbeitsplatzbeschaffer. Für wen? Für ein Heer von Kabarettisten und satirischen Schriftstellern. Keiner kennt mehr ihre Zahl. Jede Woche gibt es neue Namen auf der Bühne. Ohne die Politik gingen zehntausende Jobs verloren!

Der Bürger darf sich aber auch selber gratulieren, denn Zufütterer für Kabarettisten und Satiriker sind wir alle. Es beginnt damit, dass wir uns für die Krone der Schöpfung halten. Die biologische Systematik wurde vor 200 Jahren von dem Schweden Carl Linné begründet. Die Aufteilung der Hierarchie ausgerechnet mit dem Menschen an der Spitze kann nur vom Menschen stammen, denn kein anderes Lebewesen käme auf eine solche Idee. Kein anderer ist so anmaßend und leidet so sehr an Selbstüberschätzung wie der Mensch.

Der Mensch hält sich für das intelligenteste Lebewesen: den großartigen Homo sapiens. In Wirklichkeit ist der Mensch ein hohes Tier, genauer gesagt ein höheres Säugetier aus der Ordnung der Primaten. Auch der Homo politicus.

Doch erst die Wissenschaftler! Manche wollen den Politikern in puncto Popularität den Rang ablaufen. Ja sogar beim Populismus wollen sie nicht nachstehen. Um in die Schlagzeilen zu kommen, taufen sie ihre neu entdeckten Spezies nach ihren Lieblingsstars. Denn wer eine Spezies als erster entdeckt, darf ihr auch den Namen geben. Die Bezeichnung besteht nur aus 2 Teilen. Der erste Teil bezeichnet die Gattung, der zweite die Art. So gibt es seit 1933 ungelogen den Käfer „Anophtalmus hitleri". Er ist klein, blind und braun. – An George Bush erinnern soll uns der Schleimpilze fressende Schwammkugelkäfer „Agathidium bushi". – Es gibt auch die aus Malaysia stammende bissige Riesenkrabbenspinne

„Heteropoda ninahagen". – Selbst das hoch angesehene Max-Planck-Forschungs-Institut für Evolutionsbiologie in Plön konnte nicht widerstehen. Dort benannten Fußballfans ein Gen nach Lukas Podolski. Das sogenannte Poldi-Gen auf Chromosom 10 sorgt für aktive Spermien. Bei Hausmäusen.

Und was wird bei den Streitkräften aus tierischen Mitarbeitern? Die Schweizer Armee hat vor kurzem Brieftauben für die Luftunterstützung ausgemustert. Dort trugen sie die Dienstbezeichnung „selbstreproduzierende Kleinflugkörper auf biologischer Basis mit festprogrammierter automatischer Rückkehr aus beliebigen Richtungen und Distanzen".

Tierisch geht es auch in der Medienlandschaft zu. Überall wittert die Meute von der Boulevardpresse reiche Beute. Hohe Tiere von „Bild" handelten sich vor Gericht gegen die Comedians Anke Engelke und Oliver Pocher Gegendarstellungen ein. Bild verlor auch einen Prozess gegen den mehrfachen Kabarettpreisträger Otti Fischer. Das Boulevardblatt nimmt die Bezeichnung vierte „Gewalt" im Staat sehr wörtlich. Ein Bild-Reporter wurde zu einer hohen Geldstrafe verurteilt, weil er den bulligen Fischer mit einem Videofilm zu einer Reportage nötigen wollte. Sein knapper Kommentar lautete: „Pressefreiheit ist keine Erpresserfreiheit." Im Jahr 2008 hatte er seine Parkinson-Erkrankung bekanntgegeben. Wenige Tage darauf zeigte er sich live beim Aschermittwoch der Kabarettisten mit einer Solo-Einlage. Seinen Auftritt leitete er so ein: „Keine Angst, i mach keine Schüttelreime!"

Politiker lassen sich gern mit Beraterverträgen und Aufsichtsratsposten ködern. Der Zuverdienst ist ein gefundenes Fressen. Bei der Diskussion um das Rauchverbot stellte sich nach jahrzehntelangen erfolglosen Gesetzesinitiativen heraus, dass eine Menge Politiker auf der Gehaltsliste von Tabakherstellern standen. Rein beratend.

Hohe Tiere der Politik werden auch von den Anbietern unseriöser Finanzprodukte umturtelt. Solche Anbieter zahlen gute Honorare für prominenten Beistand. Mit einem bekannten Konterfei lässt sich mancher Anleger eine gewisse Zeit über die Seriosität einer Firma täuschen. Beim *European Kings Club (EKC)* verloren 80.000 Menschen insgesamt eine Milliarde Euro bei einem betrügerischen Pyramidensystem. Gorbatschow trat nichts ahnend als Werbeköder bei einer EKC-Gala in Köln auf. Die

kriminelle Organisation soll einen sechsstelligen Betrag an dessen gemein-
nützige Stiftung gezahlt haben. [2]

Mit seinem Allgemeinen Wirtschaftsdienst (AWD) ist auch Finanz-
hai Carsten Maschmeyer den Anlegerschützern gut bekannt. Mit einem
Privatvermögen von einer halben Milliarde Euro zählt er zu den reichsten
Deutschen. Solche TV-Größen wie Gottschalk und Jauch standen dem
Finanzoptimierer als Moderatoren von Galas des AWD zu Dienste. Mit ein
wenig Recherche hätten die studierten Journalisten herausgefunden, dass
manche ihrer Kollegen aus der Medienbranche in Maschmeyer den
Erfinder einer Drückermasche sahen.

Als „Maschi" im Sommer 2008 in die TUI-Arena nach Hannover
einlud, wurden Weltstars wie Seal, Pink und Nelly Furtado eingeflogen.
Gemessen an diesem Aufgebot zählten selbst Thomas Gottschalk, Heiner
Lauterbach und die Scorpions zur zweiten Garnitur. Als Gastgeschenk gab
es für ausgesuchte Promis eine Flasche 1982er Chateaux Petrus zu 4.000
Euro, notierte die BUNTE. Hohe Tiere wie Ex-Kanzler Gerhardt Schröder
nebst Gattin Doris, der frühere UNO-Generalsekretär Kofi Annan sowie
der Präsident des Bankenverbandes Klaus-Peter Müller wurden schon
vorher in „Maschis" Villa mit bretonischem Hummer und mit Taubenbrust
beurteilt. Auch ein gewisser Bert Rürup war dabei. Dieser frühere
Wirtschaftsweise der Regierung und Erfinder der Rürup-Rente avancierte
nämlich zum Chefökonom des AWD. Sein Name verhalf dem AWD zu
unbezahlbarem Renommee. [3]

Eine weitere Dienstleistungssparte hat sich an verunsicherte Hohe
Tiere des Managements geheftet wie Putzerfische an den Wal. Der Coach
ist im Kommen. Bei Stundensätzen von bis zu 400 € treiben sich gerne
Spinner in der Coachingszene herum. Sie versprechen beruflichen
Aufstieg und die Heilung von Versagensängsten. Ein seriöser Business-
Coach kann Methoden der Psychotherapie einsetzen. Dazu gehört, dass er
Kunden unbequeme Einsichten zumutet. Mit Wünschen nach mehr Größe
und mehr Bedeutung überdecken Manager gerne die dunklen Seiten ihrer
Persönlichkeit. Sie erschrecken, wenn sie mit der Dunkelheit ihrer Seele
konfrontiert werden und mitbekommen, wer sie eigentlich sind. Wieviel
Dunkelheit muss es in den Rudelführungsetagen eigentlich geben, wenn an
die 300 Akademien Fortbildungsseminare zum Coach anbieten!?

Die Politikverdrossenheit der Bürger bescherte bei den Landtagswahlen 2010 und 2012 in NRW eine Wahlbeteiligung von unter 60
Prozent. Es geht Richtung 50 Prozent, so wie in den USA. Was muss sich
ändern? Oder besser: Wer kann unseren Politikern helfen? Der Besuch bei
einem Coach hat sich für Führungskräfte der Wirtschaft seit Jahren zu
einem Boom entwickelt. In der Politk scheint das ein Tabu zu bleiben.

Auch wenn Hohe Tiere nachts nicht mehr schlafen können, im Job
funktionieren sie nach außen häufig einwandfrei. Sie schließen Verträge
ab und geben Pressekonferenzen, entlassen Mitarbeiter, beschließen
Kürzungen bei Arbeitsbeschaffungsmaßnahmen und im Gesundheits-
wesen. Vielen fehlt das Gespür für die eigenen Gefühle und die anderer
Menschen infolge einer eingeschränkten Wahrnehmung. Und wer sich
nicht spürt, kann sich auch nicht steuern, sagen Fachleute.

Ist bei unseren Politikern sowieso jede Hilfe für die Katz? Es ist
kaum beruhigend für den Steuerzahler, dass Politiker nicht der
Arbeitsagentur zur Last fallen. Sie fallen weich, denn sie sind gut versorgt.
So wie Ex-Kanzler Schröder mit Firmensitz in der Schweiz. Nicht
irgendwo, nein, in dem Kanton, der sogar für Schweizer Verhältnisse als
Steueroase gilt. Nur keine falsche Bescheidenheit, man weiß, was man
sich schuldig ist. Her mit der Havanna, Johanna!

Auf der anderen Seite ist die Erwartungshaltung der Bürger nicht
leicht zu erfüllen. Politiker sollen so klug sein wie Mark Aurel, so integer
wie Mutter Teresa und so durchsetzungsstark wie ein Pitbull. Manche
Lamentatoren verlangen, dass Politiker, stellvertretend für sie selber, klug,
uneigennützig, selbstlos und von hoher Moral sein müssen.

Der Politiker wiederum traut dem Bürger wenig zu. Er ruft den
Bürger zur Urne, damit er seine Partei ankreuze. Der Ruf nach mehr
Volksbeteiligung wird lauter. Aber viele Hohe Tiere erzittern vor
Volksentscheiden. Wo kämen wir denn dahin, wenn das Stimmvieh am
Ende auch noch über die Höhe der Abgeordnetendiäten und Aufwands-
entschädigungen mitbestimmen dürfte!

Die Erfahrung lehrt jedoch: Was die Politik nicht fertigbringt,
schaffen Bewegungen aus dem Volk, zum Beispiel das klare Rauchverbot
in Bayern. Aber Referenden sind Politikern ein Dorn im Auge. Die
Mitsprache des Plebs würde an ihrem Monopol rütteln. Die deutsche

Demokratiediskussion ist aus historischen Gründen geprägt durch große Skepsis gegenüber der Weisheit des Volkes. Käme nur ein geschickter Agitator, wäre von der Einführung der Todesstrafe bis zur völligen Freigabe harter Drogen alles möglich, sagen sie.

Aber sind die Nazis durch einen Volksentscheid an die Macht gekommen? Nein, sie haben den Reichspräsidenten dazu gebracht, das Parlament aufzulösen und Hitler zum Kanzler zu ernennen. Ein anderes Ablenkungsmanöver ist der Hinweis auf die Größe Deutschlands im Vergleich zur Schweiz. Unser Volk von 80 Millionen ist klein genug um die Bankkonten zu überwachen sowie alle Computer online überwachen und durchsuchen zu lassen. Aber zu groß, um bei Bedarf einen Volksentscheid durchzuführen. Da lachen ja die Hühner!

Volksentscheide gibt es längst in vielen demokratischen Nachbarländern. Umgestürzt und destabilisiert wurde keines dieser Länder in den letzten 60 Jahren. Manche bringen das auf den Nenner: Die Realität der Politiker hat mit der Wirklichkeit nichts zu tun.

Immerhin, Hohe Tiere im Politzirkus geben sich alle erdenkliche Mühe, ihre Zuschauer mit Skandalen zu amüsieren. Ein paar Leckerbissen:

Alle Tiere sind gleich, aber manche sind gleicher. Das gilt gerade im Reichstagsgebäude. Einige Mitarbeiter des Bundestags kassieren nur Dumpinglöhne. Das Garderobenpersonal soll sich im Bundestag für 5,50 Euro pro Stunde bis in die späte Nacht die Füße plattstehen. Auch beim Wachpersonal und den Fahrern im Bundestag müssen manche diese Kröte schlucken.

Umweltpolitiker aller Bundestagsfraktionen wollten die „Big Five" der Tiere bewundern: Elefanten, Büffel, Leoparden, Nashörner, Löwen. Sieben Umweltpolitiker aller Fraktionen planten im Februar 2009 zehn Tage durch Kenia und Tansania zu reisen. Der SPIEGEL prangerte den Trip als Sightseeing der Extraklasse durch Wildreservate und als Vergnügungsreise auf Kosten des Steuerzahlers an. Die Abgeordneten wollten als Teil der offiziellen Delegation von Umweltminister Gabriel bei einer Umweltkonferenz der Uno in Nairobi vorbeischauen. Zu den Höhepunkten des Programms gehörten jedoch Nationalparks, eine Safaritour, der Victoriasee und eine Expedition in die Serengeti. 1959 hatte Bernhard Grimmek in seinem Buch „Serengeti darf nicht sterben" prophezeit: „Wenn ein Löwe im rötlichen Morgenlicht aus dem Gebüsch tritt und dröhnend brüllt, dann wird auch Menschen in 50 Jahren das Herz weit werden." [4]

Mit Umweltpolitik hat das nur indirekt zu tun. In den Reihen des Parlaments sollte die Reise daher möglichst nicht publik werden. Die Abgeordneten wollten angeblich eine Begegnung mit den Mitgliedern des Haushaltsausschusses vermeiden, die zur gleichen Zeit in Tansania unterwegs waren. Es wäre ja denkbar, dass die Haushaltshüter erst dadurch auf die Riesensafari aufmerksam würden. [5]

Nach der SPIEGEL-Polemik verteidigte zuerst die Vorsitzende des Umweltausschusses die Reise, sagte ihre Teilnahme aber später ab. Die für unser Land und den Umweltschutz so wichtige Reise fand dennoch statt. Was sich die Abgeordneten herausnehmen, geht auf keine Kuhhaut.

Lobby: Dank der FDP wissen wir seit Januar 2010 auch, was in Deutschland ein Gesetz kostet. Nicht etwa Mühe und Zeit. Nein, schon für eine schlappe Million ist es zu haben. Für diesen Betrag soll sich die Hotellobby bei der FDP die Senkung der Mehrwertsteuer erspendet haben. Es wurmt uns, wenn es hier wie in einer Bananenrepublik zugeht. Dabei waren gerade dafür die Menschen in der DDR einmal auf die Straße gegangen: Für mehr Bananen in der Republik.

Ein Bock macht sich selbst gern zum Gärtner. MdB Jörg Tauss ist nach seiner Verurteilung zu einem Jahr und drei Monaten Haft auf Bewährung wegen des Besitzes kinderpornografischen Materials aus der SPD ausgetreten. Tauss gab zu, kinderpornografisches Material besessen zu haben, angeblich nur für seine Arbeit als medienpolitischer Sprecher. Bis zu dem Vorfall galt Jörg Tauss als ein ausgewiesener Fachpolitiker für das Internet und als ein Kämpfer gegen seine Schattenseiten. Gegen seine Eigenen?

Die schärfsten Kritiker der Elche waren früher selber welche. Auch in der Kirche. Im April 2010 musste nämlich der Papst als zuständige Hebamme den Bischof Mixa „entbinden". Wegen Kindern, die früher, als Mixa noch Pfarrer war, von ihm nicht nur den Segen empfingen, sondern auch Ohrfeigen. Verbunden mit blauen Flecken. Eine befleckte Empfängnis? Wo die Kirche doch immer auf die unbefleckte Empfängnis pocht!

Zahllose Missbrauchsfälle und kaum Aufarbeitung! Hat sich die katholische Kirche den Grundsatz der Benediktinerpatres „Oral et Labora" zu eigen gemacht? Damit bloß niemand an ihrem mangelhaften Willen zweifele, hat die Bischofskonferenz den Schwanz eingezogen, indem sie den Aufklärungsvertrag mit Dr. Pfeiffer vom Kriminologischen Institut Hannover Anfang 2013 aufkündigte und ihm den Studienauftrag entzog. Samt Unterlassungsdrohung. Eine Art „Selbstentlarvung"? Wobei wieder ein Tier für den Ausdruck Pate steht.

Innenminister de Maiziere saß 2010 im Frühstücksfernsehen, als er nach der Afghanistanstrategie gefragt wurde und uns den Krieg „madig" machte. Seine Antwort war so spontan wie „entlarvend": „Wir haben jetzt ein Ziel." Das Land atmete auf. Acht Jahre lang rumpelten deutsche Soldaten im Hindukusch herum und dann stellte sich heraus, sie hatten gar kein Ziel gehabt.

Parteiendemokratie: Die Partei namens „Die Partei" ist eine Abkürzung von „Partei für Arbeit, Rechtsstaat, Tierschutz, Elitenförderung und basis-demokratische Initiative". Das satirische Projekt stammt aus der Redaktion des Satiremagazins „Titanic". Mit grauen Anzügen, roten Krawatten und leeren Phrasen werden die etablierten Parteien karikiert. Der ehemalige Chefredakteur Martin Sonneborn klagte als Parteivorsitzender erfolglos vor dem Bundesverfassungsgericht und forderte Neuwahlen, denn der von den Parteien im Bundestag kontrollierte Bundeswahlausschuss hatte seine Partei nicht zur Bundestagswahl 2009 zugelassen. Wahlbeobachter der OSZE kritisieren: „Es urteilen Mitglieder der etablierten Parteien über ihre Wettbewerber." Interessenskonflikte sind daher programmiert. Es gibt noch nicht einmal Rechtsmittel gegen die Ablehnung. „Die Partei" hat früher bei Wahlen teilgenommen und wurde 2013 wieder zugelassen. 2013 schaffte auch die so eingetragene „Partei der Nichtwähler" den Sprung zur Zulassung.

Seit dem Ende des kalten Krieges gibt es ein Vakuum in der politischen Polarisierung. Mangels Feinden von außen müssen sich die Politiker zur Definition ihrer Identität Feinde im Inneren suchen. Dafür muss ein polemischer Kulturkampf herhalten. Fronten bilden dabei die Integrationsdebatte und die Islamdebatte (wegen der Risiken durch eine prophetorientierte Gesellschaft). Außerdem die Internetdebatte und die Internatdebatte. Geburtenrate und Flatrate. Die gefährliche Erosion des Mittelstands und die Seniorenschieflage. Die Bioethikdebatte sowie die

Nachhaltigkeit. Letztere hat schon das Zeug zum Zauberwort. Alles soll nachhaltig sein. Wirklich nachhaltig ist aber bisher nur die Nachhaltigkeitsdebatte an sich.

Bei all den Debatten kommen solche Sektoren wie Banken, Versicherungen, Immobilien und Energie zu kurz. Ihre Verflechtung mit der Politik ist eng. Politiker haben sich zu abhängig von diesen apokalyptischen Reitern gemacht, um sich den Energiehaien, Finanzhaien, Immobilienhaien, Kredithaien, Baulöwen ernsthaft in den Weg zu stellen. In Zypern haben Alphatiere der Politik Kredite erhalten, deren Rückzahlung ihnen später ganz erlassen wurde.

Auch hierzulande spricht man seit Christian Wulff über Vorteile bei den Kreditzinsen. Das Wort „wulffen" schaffte es sogar unter die Top Ten der Wörter des Jahres 2011: Man wulfft, wenn man wütende Nachrichten auf Mailboxen hinterlässt und man wulfft auch, wenn man sich Vorteile auf Kosten anderer verschafft, also schnorrt. Merkeln ist noch nicht nominiert: sich alle Optionen offenhalten und so spät wie möglich festlegen oder ein Problem einfach aussitzen.

Tun Politiker keiner Fliege etwas zu Leide? Und wie gehen sie mit unseren Flöhen um? Der Bund der Steuerzahler findet jedes Jahr kuriose Steuerver(sch)wendungen heraus. So ließ die Stadt Bergen auf der Insel Rügen ihr Fußballstadion für 2 Millionen Euro renovieren, da dort bei Regen nicht gespielt werden konnte. Eine niederländische Spezialfirma wurde beauftragt, 200.000 Regenwürmer der Sorte *Dutch Nightcrawler* auszusetzen, um die Erde durchlässiger zu machen. Die Wurmkur war ein Fehlschlag, denn die tierischen *Greenkeeper* tummelten sich lieber an der Oberfläche und hinterließen tausende kleine Häufchen, die die Rasenpflege erschwerten und Schimmel und Pilze sprießen ließen. Die Rechnung von 7.000 Euro blieb am Steuerzahler hängen. Daraufhin ließ die Stadt einen benachbarten Hartplatz mit Kunstrasen überziehen. Das kostete zwar eine weitere Million Euro, aber diesmal sprang das Land ein.

Nichts als Unkenrufe? „Der Doktor und das liebe Stimmvieh" wird der Skandal um Verteidigungsminister a. D. Karl-Theodor zu Guttenberg umschrieben. Bewunderer beklatschen ihn bis heute. Ihm wird der Ausspruch zugeschrieben: „Meine Richtschnur ist Prinzipienfestigkeit und Grundsatztreue." Was hat zu Guttenberg zu einer solchen Dissertation getrieben? Womöglich die verbreitete akademische Titelhuberei. Dabei wählte er ausgerechnet die Universität Bayreuth, die für das Spezialgebiet „geistiges Eigentum" hoch bekannt ist.

Viele Dissertationen widmen sich nur 1 Paragraphen aus dem Handelsgesetzbuch und kommen mit 150 Seiten aus. Aber Guttenbergs juristische Dissertation war extrem ambitioniert. Seine Studie „Verfassung und Verfassungsvertrag: Konstitutionelle Entwicklungsstufen in den USA und der EU" erhebt einen gewaltigen Anspruch. Die Arbeit zählt 475 Seiten und gut 1.200 Fußnoten. Welche Kräfte und welches kulturelle Umfeld braucht es, um aus lauter Einzelstaaten ein Ganzes zu machen – *e pluribus unum*, „aus vielem eines", wie das Motto der Vereinigten Staaten lautet. Ist dieses Motto zugleich die unfreiwillige Entlarvung eines Plagiators? [6]

Das Buch, das wochenlang die Medienwelt bewegte, erschien nicht ohne Ironie im altehrwürdigen Berliner Verlag Duncker & Humblot, dessen Wappen die lateinischen Worte „Vincit Veritas" zieren. Also: „Die Wahrheit siegt." Damit enthüllt das Buchcover ein hehres Bekenntnis. Da ist es nur folgerichtig, dass Guttenberg seinen Doktortitel am Denkmal des unbekannten Urhebers abgelegt hat und genervt emigriert ist.

Wenn Politiker etwas versprochen haben, haben sie sich im Nachhinein gerne versprochen. Das Volk wählt die Sozialdemokraten, und sie kürzen die Sozialleistungen. Das Volk wählt die Christdemokraten, und sie schaffen überraschend die Atomkraftwerke ab. Das Volk wählt die Freien Demokraten, und die Steuern werden erhöht. Wählt das Volk aber die Grünen, dann wird Stuttgart 21 gebaut. Einen rechten Zusammenhang zwischen den Ankündigungen der Politiker und der politischen Umsetzung kann kein Schwein mehr ausmachen. Da spielt es keine Rolle mehr, wenn man die Akronyme der Parteien nicht versteht, so wie im Europäischen Parlament: AECR, ECPM, EDP, EFA, EGP, EL, ELDR, EUD, EVP oder SPE. Hauptsache, man bindet uns keinen Bären auf. Kanzler Kohl drückte das in einer Pressekonferenz einmal so aus: „Entscheidend ist was hinten rauskommt."

Die Überlebensstrategie von Politikern kommt in ihrer Rhetorikmaxime zum Ausdruck, die ein Witz passend persifliert: Zwei Politiker sind auf dem Weg zu einer Sitzung: „Was sagten Sie neulich in Ihrer Rede zur Rentenreform?" – „Nichts." – „Das ist mir klar, aber wie haben Sie es formuliert?"

Andere äußern sich zu jedem Thema, ganz gleich wie wenig sie dazu zu sagen haben. Leidet unsere Politik gar an einem Redezwang? Die Medizin hat jedenfalls schon einen Namen dafür: Logomanie. Die durch das Internet angeheizte gelegentliche Dauerschnatterei (mit E-Mails, Blogs und Twittern) bezeichnet man als einen vermehrten Gesprächsdrang oder auch als verbale Inkontinenz.

Wenig redefreudig sind Regierungsvertreter in den parlamentarischen Fragestunden. So auch am 21. April 2010. Staatssekretär Kampeter vertrat den Finanzminister im Bundestag, so wie sich viele Minister in Fragestunden vertreten lassen. Eine Fragestunde ist sowohl Schauspiel als auch ernsthafte Auseinandersetzung. Ein jeder Abgeordnete darf pro Sitzungswoche bis zu 2 Fragen stellen. Nicht immer geht es darum, die Regierung bloßzustellen.

Frage des Abgeordneten Schick: „Gab es seit Anfang des Jahres 2010 ein Angebot einer oder mehrerer privater Banken oder einer Gruppe von Gläubigern griechischer Staatsanleihen an die Bundesregierung, beim sogenannten Rollover von fällig werdenden Griechenland-Anleihen zu helfen ...?" Antwort Kampeter: „Die Bundesregierung hat zu keinem Zeitpunkt erwogen, eine eventuelle Finanzhilfe für Griechenland durch private Banken durchführen zu lassen."

Replik von Schick: „Meine Frage ist damit nicht wirklich beantwortet, wie Sie, Herr Kampeter, leicht selber feststellen können, wenn Sie das überdenken ... ." Duplik von Kampeter: „Herr Kollege Dr. Schick, zunächst einmal will ich deutlich machen, dass kein Geld des Steuerzahlers nach Griechenland fließt ... ."

Triplik von Schick: „Ich kann jetzt also festhalten, dass Sie nicht ausgeschlossen haben, dass es ein solches Ansinnen von privater Seite gegenüber der Bundesregierung gab." Daraufhin Kampeter: „Herr Kollege Schick, ich kann viele Dinge im Leben nicht ausschließen. Aber ich empfehle Ihnen, hier nicht die falschen Schlussfolgerungen aus den Einlassungen der Bundesregierung zu ziehen."

So aalglatt läuft es häufig. Es gibt mehrere Möglichkeiten, wie eine Regierung unbequeme Fragen von Abgeordneten ausbremsen kann. Sie antwortet entweder gar nicht oder es werden mehrere Fragen zusammengefasst beantwortet. Dabei kann man Teilfragen unter den Tisch fallen lassen. Oder sie gibt eine Scheinantwort, die an der Frage vorbeigeht. Und seit den Banken- und Finanzkrisen geht es dabei um immer höhere Summen.

Die Zeit der Basta-Beschlüsse sei vorbei, meinte Heiner Geißler zur Planung von „Stuttgart 21". Der Bürger lasse sich nicht länger abkanzeln und ausgrenzen durch Gutachten, die unter Schluss gehalten werden. Die Ohnmacht der Bürger ist seit einigen Jahren in Wut umgeschlagen. Auf diese Weise entstand der Ausdruck vom Wutbürger für den engagierten Mutbürger. Der unbequeme Bürger weigert sich einfach, ein politischer Allesfresser zu sein.

Politiker argumentieren gerne mit unumstößlichen Sachzwängen, die ein Projekt erforderlich machen. Dazu gehört die Praxis, Leihbeamte der Industrie in Bundesministerien zu entsenden, um dann wohltätig an Gesetzesentwürfen mitzuwirken. Aus Sachzwängen. Die Bürger werden renitent und gehen auf die Barrikaden gegen die (aus Sachzwängen nötige) Erweiterung der historischen Stadthalle in Heidelberg. Bei der Elbphilharmonie in Hamburg und bei Stuttgart 21 gegen die Kostenexplosion, wen wundert es: wegen Sachzwängen. Politiker so unschuldig wie ein Opferlamm.

Viele Politikkonsumenten wünschen sich, dass Schluss sei mit dem Politzirkus. Und dass die Politiker von ihrem hohen Ross herabsteigen mögen. Her mit Politikern zum Anfassen, wie im Streichelzoo! Enttäuscht von all den Skandalen wenden sich immer mehr Stimmviecher angewidert von der Politik ab. Viele suchen ihr Glück im trauten Heim. Mit einem kalkulierbaren, zuverlässigen Haustier.

In der Hundesrepublik Deutschland leben 13,5 Millionen Kinder und Jugendliche. Soviele wie Hunde und Katzen. Zu denen kommen noch 10 Millionen andere Haustiere. In den USA werden allein 3 Millionen Hunde jährlich eingeschläfert. Über ein Drittel der deutschen Haushalte besitzt ein Haustier. Stark im Kommen sind exotische Tiere wie Kornnattern, Warane und mexikanische Schwanzlurche namens Axolotl. Deren Absatz nahm 2010 zur Verwunderung der Händler zu. Bis sie entdeckten, dass ein Buch namens „Axolotl Roadkill" von Helene Hegemann erschienen war.

Der Deutsche ist extrem tierlieb, denn er leistet sich viele Hohe Tiere. Er muss mit seinen Steuergeldern Millionen Amtsschimmel und tausende (auch ehemalige) Parlamentarier durchfüttern. Noch andere Hohe Tiere liegen ihm auf der Tasche: Bundesadler, Westfalenross und Berliner Bär müssen zwar nicht gefüttert werden, aber geschrubbt, poliert und repariert. Als Wappentiere.

Dem gesellschaftlichen Trend zum Einpersonenhaushalt und zum Ein-Kind-Haushalt steht der entgegengesetzte Trend zur Großfamilie gegenüber: bestehend aus 1 Erwachsenen mit 3 Hunden und einer unbekannten Anzahl Katzen. Das Geschäft mit Haustieren boomt. In unsicheren Zeiten bieten Hunde, Katzen, Hamster & Co. eine letzte Hoffnung, dass es noch jemand ehrlich mit uns meint.

Enstprechend gut werden die vierbeinigen Familienmitglieder gepflegt. Auf Freunde oder einen Kinobesuch verzichtet man gern, damit der Hund zur gewohnten Zeit sein Abendmahl erhält. Denn der Hund freut sich auch nach Jahren noch jedes Mal sehr, wenn wir nach Hause kommen. So sieht sich der Hundepsychologe und Entertainer Martin Rütter in seinen Comedyshows zum Hinweis genötigt, dass der Hund vom Wolf abstammt, der sich auch nicht darauf verlassen kann, dass Punkt 18 Uhr ein Kaninchen um die Ecke gehoppelt kommt.

Bei der Wahl des passenden Vierbeiners ist auf den feinen Unterschied zwischen Hund und Katze zu achten: Der Hund denkt: Der Mensch gibt mir zu fressen und zu trinken, er muss Gott sein. Die Katze denkt: Der Mensch gibt mir zu fressen und zu trinken, ich muss Gott sein.

Die Nähe zum Tier hat uns einiges gelehrt. Damit Tiere nicht zum gefundenen Fressen werden, halten sie sich fest an den Schwarm. Ein ähnliches Verhalten trifft man bei Politikern wie bei Wählern an. Schwarmintelligenz haben Wissenschaftler anhand von Computersimulationen auf drei Verhaltsensregeln reduziert: Bewege Dich als Mitglied des Schwarms immer in Richtung des Schwarm-Mittelpunkts. So wird verhindert, dass der Schwarm auseinanderfließt. Bewege Dich weg, sobald Dir jemand zu nahe kommt, vermeide Zusammenstöße. Bewege Dich in dieselbe Richtung wie Deine Nachbarn.

Kaum ein Begriff hat so eine Karriere gemacht wie „Schwarmintelllligenz", angefeuert durch das Internet. Die Revolution in den arabischen Staaten wurde über die schwarmförmige Organisation Facebook organisiert, ohne Anführer, ohne eine Partei. Weniger bekannt ist bislang der Ausdruck „Schwarmfeigheit im Internet". Jeder Journalist kennt sie. Ihre Texte im Netz werden kommentiert in E-Mails. Doch weil es so bequem ist, sich anonym zu äußern, werden die Kommentare aggressiver. Absender und echte Namen in Leserbriefen trugen früher zur Mäßigung bei. [7]

Sind wir Menschen im Grunde genommen feige und die Tiere unbewusst unser Vorbild? Der Roman „Farm der Tiere" von George Orwell aus dem Jahre 1945 handelt von der Erhebung der Tiere einer englischen Farm gegen die Herrschaft ihres menschlichen Besitzers, der sie vernachlässigt und ausbeutet.

Nach anfänglichen Erfolgen mit etwas Wohlstand übernehmen die Schweine die Führung. Schließlich errichten sie eine Gewaltherrschaft, die schlimmer ist als diejenige, welche die Tiere abschütteln wollten. Aufgrund seines Inhaltes wurde der Roman als Parabel auf die Geschichte der Sowjetunion interpretiert: Auf die vom Volk getragene Oktoberrevolution folgte letztlich die Diktatur Stalins. Unter Führung der Schweine vertreiben die Tiere den Farmer und bewirtschaften die Farm für sich, denn „alle Tiere sind gleich".

Zunächst scheint sich alles zum Guten zu wenden, doch dann stellt sich heraus, dass sich der Anführer Napoleon und seine Getreuen auf Kosten der anderen hungernden Tiere ein schönes Leben machen. Eines Tages laufen die Schweine alle auf zwei Beinen und tragen Kleidung, was den Sieben Geboten des Animalismus widerspricht. Der Unmut wächst, doch Napoleon hält sich mit Terror an der Macht. Auf der Scheune steht plötzlich nur noch ein einziges Gebot: „Alle Tiere sind gleich, aber manche sind gleicher."

Die Verfilmung „Aufstand der Tiere" von 1954 hält sich, mit Ausnahme des Endes, an die literarische Vorlage von George Orwell. Erst viele Jahre später wurde bekannt, dass die CIA die Filmrechte unmittelbar nach Orwells Tod erwarb und in der Filmversion vermutlich nur deshalb eine Gegenrevolution eingefügt wurde, in der sich die Tiere von der Schweineherrschaft befreien. Der Co-Regisseur John Halas bestritt den

Einfluss des amerikanischen Geheimdienstes auf das Drehbuch und rechtfertigte sich mit einer dramaturgischen Notwendigkeit.

Tiere sind gefragt. Schon Rotkäppchen, die arme Unschuld vom Lande, hätte niemals Berühmtheit erlangt ohne das Dazutun eines gewissen Herrn Wolfs. Dieses Urteil muss Rotkäppchen sich schon gefallen lassen. Auch viele ihrer KollegInnen aus dem Märchengeschäft aalen sich nur mit tierischer Unterstützung im Erfolg. Irgendwie musste diese Erkenntnis den Umweltminister erreicht haben. Knut hieß ein beliebter Eisbär, der zum Star des Berliner Zoos avancierte. Dass etwas von der Liebenswürdigkeit dieses Stars auf ihn abfärben möge, hoffte Sigmar Gabriel, als er im Frühjahr 2007 die Futterpatenschaft für den Bären übernahm. Die figürliche Ähnlichkeit konnte ihm dabei nur gelegen sein.

Figürliche Ähnlichkeit hin oder her, die Bundeskanzlerin entschied sich als Patentante für ein schwarz-weißes Tierchen, ein Pinguinmädchen. Mit einer ganz typischen Gangart. Ihr Patenkind heißt Alexandra und lebt im Stralsunder Ozeanum, gelegen in Merkelburg-Vorpommern.

So haben einige Gegenden besondere Tiere vorzuzeigen. Schleswig-Holstein hat neben den Angeler Sattelschweinen auch noch die Husumer Protestschweine zu bieten. Diese ähneln mit ihrer roten Färbung und den weißen gekreuzten Streifen der dänischen Nationalflagge. Als die Preußen im 19. Jahrhundert Schleswig und Holstein von den Dänen zurück eroberten, durften die in Nordfriesland lebenden Dänen ihre Flagge nicht mehr hissen. Also kreuzten die schlauen Bauern rote mit schwarz-weiß gescheckten Schweinen. Das Ergebnis davon waren Protestferkel in den dänischen Nationalfarben. Da brat mir einer einen Storch! [8]

Eigentlich wären Protestschweine vorführreif, ja zirkusreif, aber wie lange noch? Der Agrarausschuss des Bundesrates will seit 2012 nicht länger hinnehmen, dass wilde Tiere im Zirkus beschäftigt werden. Erst viele Jahre nach dem Urteil des Bundesverfassungsgerichts vom Juli 1999 zur Hennenhaltungsverordnung soll endlich auch hier auf artgemäße Haltung Rücksicht genommen werden. Verbesserung in eigener Sache? Der Politzirkus in Deutschland muss sich dann nicht länger vor einer Konkurrenz durch Tiger und Löwen im Zirkus fürchten.

Übrigens definiert sich der Mensch selbst als *political animal*. Diese Wesensbestimmung des Menschen als gesellschaftliches Tier geht auf den griechischen Philosophen Aristoteles zurück: *Zoon politikon*. Immanuel Kant modifizierte den Begriff und stellte fest, dass der Mensch einen Charakter habe, den er sich selbst schafft, indem er vermögend ist, sich nach seinen selbst gesteckten Zielen zu perfektionieren. Dadurch könne er als mit Vernunftfähigkeit begabtes Thier (*„animal rationabile"*) aus sich selbst ein vernünftiges *Thier* (*„animal rationale"*) machen.

Und wenn der Mensch schon zum Tierreich gehört, wie der Philosph Arthur Schopenhauer bestätigt, dann sei unser Staatsoberhaupt bitte schön der König der Tiere. Doch unser Löwe ist Fußball-Bundestrainer. Er wird als solcher übrigens nicht artgemäß gehalten. Und das, obwohl der König der Tiere mit seinen Erfolgen als Bundestrainer hohe Verdienste erworben hat. Wir haben zwar auch einen Adler in der Nationalmannschaft zwischen den Pfosten fliegen. Doch irgendwann musste ein Neuer her. Robben spielen ja nicht in der deutschen Nationalmannschaft, sondern bei Bayern München. Aber es kann nur eine Frage der Zeit sein, bis die Elf auch Schweine aufnimmt, denn einen Steiger gibt es für sie schon.

Gut, dass Löw dem Fußball treu bleibt. Sein Kiewer Kollege Oleg Blochin wurde vor der EM in Polen und der Ukraine erneut zum Trainer der ukrainischen Fußball-Nationalmannschaft. Zwischendurch war er für einige Jahre Parlamentarier und wechselte als solcher nicht weniger als 5 Mal das politische Lager.

Unser höchstes Tier ist kein Löw'. Das ist nämlich der Gauck. Bis 2012 war das noch ein Wulff. Dessen Vorgänger Köhler passte besser auf den Posten. Er trug im Vornamen immerhin den Bundesadler-Horst.

Christian Wulff sprach als frisch gebackener Leitwolf bei seiner Rede zum deutschen Vereinigungstag im Oktober 2010 nicht etwa von Deindustrialisierung, Arbeitslosigkeit oder Überalterung, alles Themen, die den Bürgern unter den Nägeln brennen. Er sprach lieber darüber, wer alles zur Einheit beigetragen hat, nicht aber über Fehlentwicklungen nach der Wiedervereinigung. Der Bundespräsident wirkt durch das Wort, aber er sollte auch etwas zu sagen haben. Der politische Altkabarettist Dieter Hildebrandt drückte das so aus: „Er sagt immer irgendetwas Schönes. Als jetzt Loriot gestorben ist, sagte Herr Wulff, dass er sehr bestürzt sei. Loriot war 87, als er starb, und es konnte natürlich kein Mensch damit rechnen, dass er stirbt."

Der Übervater des Polit-Kabaretts Hildebrandt bot noch mit 85 Jahren auf seiner neuen Plattform Stoersender.tv ab Ostern 2013 Satire, klassisches Kabarett und investigativen Journalismus. Gemeinsam mit Konstantin Wecker, Urban Priol, Sandra Kreisler und Anderen nahm er Ungerechtigkeiten und Korruption sowie Extremisten aller Couleur aufs Korn. Er verstarb im November 2013.

Das bringt uns wieder zu der Branche mit konstant hohen Wachstumsraten. Diese könnte noch mehr zur Integration beitragen. Die Arbeitsagentur sollte ein Förderprogramm auflegen für mehr Kabarettisten und Comedians mit Migrationshintergrund. Die Mittel dafür lassen sich aufbringen durch Einsparungen bei der Verpflegung von Seniorenheimbewohnern und Sozialhilfeempfängern. Durch die Verteilung kostenloser Algen aus der Adria und Krabben aus der Barentssee. Auf Stalins Befehl wurde seinerzeit die Königskrabbe nördlich Norwegens und Russlands angesiedelt. Ihres Fleisches wegen. Sie erreicht eine Spannweite von 1,80 Meter und ein Gewicht von zehn Kilogramm. Im Jahr 2010 kippten Umweltschützer 2.000 Exemplare vor das Fischereiministerium in Oslo, aus Furcht vor einer Katastrophe in der Barentssee. Greifen Sie zu! Es ist genug für alle da.

Seit 2002 ist der Tierschutz als Staatsziel im Grundgesetz verankert. Was noch fehlt, ist eine Einbeziehung der Politiker. Daher ergeht hier der eindringliche Appell für die Ausdehnung des Artenschutzes auf Politiker. Die schwer Verfolgten brauchen dringend Schutzräume, Rückzugsgebiete, Schonungen und Schonzeiten ohne Jagd auf Hohe Tiere. Weg mit den Paparazzi! Der dünnfellige Köhlerhorst fühlte sich als Gejagter. Der Wulff Christian hat sich selbst zur Beute gemacht. Der schwedische König wurde zur Beute und der spanische König auch. Nicht schwierig bei einer ganzjährigen Jagdzeit.

Hier hätte man auch über den letzten Außenminister schreiben können. Aber Satire ist ja nicht dazu da, sich über die Schwachen lustig zu machen. Es gibt schon genug bedrängte Politiker, die sich in Schonungen flüchten. Im Jahr 2012 nahmen österreichische Wildkameras gleich zweimal nicht Wild, sondern etwas Wildes im Wald auf. Zuletzt geriet im beschaulichen Kärnten ein Politiker vor die Linse mit Nachtsichtgerät. Als Hauptdarsteller bei der Brunft.

Politsaaltiere füttern Politsatire. Politsaaltiere füttern Vettern. So wie eine Öffentliche Hand die Andere wäscht. Und was tut der gemeine Mensch zur Bewahrung der Spezies Homo politicus? Das arme Stimmvieh füttert die Hohen Tiere mit hohen Diäten. Und muss doch selbst Diät halten. Im Gegenzug überfüttern Politsaaltiere die Kabarettisten und die Bürger mit Politsatire. So bekommen alle „Satire satt".

Direktpostservice statt Schneckenpost

Der Vorstandsvorsitzende der Deutschen Post Helmut Mähkorn

Anfang 2013 im Interview mit Reporter Gregor Schleicher

„Herr Mähkorn, Sie haben nach Ihrer Privatisierung der Deutschen Bahn und nach Ihrem Sturzflug bei der Fluggesellschaft Air Berlin jetzt einen gewalti-gen Sanierungsauftrag bei der Post eingefädelt. Der Löwe ist los. Sie müssen die alte Staatsbehörde gewaltig umrüsten in einer Zeit, wo der EU-Binnen-markt das staatliche Monopol für die Post aus den Angeln gehoben hat."

„Konkurrenz belebt das Geschäft, Herr Schleicher. Wir wollen Vorreiter sein und dringend zum Post-Service Nr. 1 avancieren. Dafür brauchen wir postwendend Signale für den Fortschritt: Outsourcing und Personal-verschlankung, Rationalisierung und Leistungsoptimierung durch Sinne-Giereffekte ..."

„Postwendende Synergieeffekte?"

„Ganz genau: Sinne-Giereffekte. Und ein gesundes Clustermanagement. Vor allem Sinne-Giereffekte. Ganz wichtig. Sinne... hmm, also, damit wir auf der richtigen Schiene sind für einen neuartigen Direkt-Post-Service der Zukunft."

„Bleibt da der soziale Gedanke nicht am Ende auf der Strecke?"

„Ganz und gar nicht. In entlegenen Gebieten planen wir sogar den Einsatz ehrenamtlicher Helfer. Für Ruheständler kann das eine sehr sinnstiftende Beschäftigung sein. Sinne-Gier, mein Lieber! Außerdem setzen wir verstärkt auf Sondertarife für sozial Schwache. Bei den Portokosten planen wir einen speziellen Senioren-Tarif. Bis 50 Prozent Ermäßigung für die Privatbriefe Älterer. Und das schon ab 100 Briefen wöchentlich."

„Aber hm, ... einhundert Briefe ..."

„Wir hoffen der Kontaktarmut vieler älterer Menschen begegnen zu können. Desgleichen soll es Rabatte für Telegramme geben ..."

„Ab … zehn Telegramme …?"

„Ab dem ersten Telegramm! Dem ersten! Schon ab einem Inhalt von 50 Wörtern ..."

„Immerhin, wenn auch ... Wir hörten, Herr Mähkorn, dass auch in der Briefzustellung Änderungen eintreten könnten …"

„Wir bieten Rationalisierung mit gleichzeitigen Leistungsverbesserungen, Herr Schleicher. Briefzustellungen erfolgen nicht mehr ein- oder zweimal, sondern mindestens drei- oder viermal täglich. Allerdings nicht durch die überholte Direktzustellung. Wir geben jedem Bürger vielmehr die Möglichkeit, zu bestimmten Zeiten die Post *direkt* am Schalter abzuholen, ohne dass man ein Postfach oder irgendein …"

„Nun, Herr Mähkorn, fürchten Sie nicht, dass da Verbraucherverbände …"

„… Oh, es wird sicherlich eine Eingewöhnungsphase geben. Und in der Übergangszeit bieten wir Info-Abende an, ausführliche Broschüren und Einführungskurse an den Volkshochschulen ..."

„Ja und die nicht abgeholten Briefe?"

„Die nicht abgeholten Briefe, Herr Schleicher, werden natürlich weiterhin in den Wohnungen zugestellt, mindestens einmal monatlich."

„Sie sollen planen den Fuhrpark der Post stark zu verkleinern?"

„Ja, durch einen ganz einfachen Schachzug. Wir werden künftig ganz rationell nicht mehr in irgendwelchen Siedlungen so kleine Briefkästen, sondern zentral an zwei oder drei markanten Stellen in der Stadt Groß-Briefcontainer aufstellen."

„Und die bisherigen Briefkästen …?"

„Werden auf Auktionen meistbietend an Sammler versteigert …!"

„Sie haben wirklich an alles gedacht! Muss man sich denn auch auf Änderungen bei den Tarifen für Pakete einstellen?"

„Nun, die Portokosten kann ich jetzt nicht im einzelnen nennen, aber auch im Paketdienst gibt es innovative Fortschritte. Als Fernziel steuern wir an, dass der Bürger Pakete selbst befördert, gegen eine Gebühr von nur 1 Euro!"

„Das sind wirklich bahnbrechende Umwälzungen! Doch was wenn nun vermehrt Beschwerden auftreten sollten ...?"

„Dafür haben wir ja überall unsere Service-Callcenter eingerichtet. So können die Postbüros ganz ungestört noch schneller ihre Arbeit verrichten. Zum Vorteil der Kunden."

„Man sagt, in den Service-Callcentern würden Studierende und branchenfremde Mitarbeiter eingesetzt. Die kennen nur 10 bis 20 Fragen, auf die sie dem Anrufer listenmäßig vorgefertigte Antworten erteilen."

„Dreißig Fragen und dreißig Antworten. Mindestens 30, Herr Schleicher! Das Service-Personal wird dafür gründlich geschult."

„Man kann also künftig nur noch telefonisch eine Beschwerde einreichen. Und wie verhält es sich mit der Rückgabe falsch zugestellter Briefe oder der Reklamation beschädigter Pakete?"

„Details müssen sich mit der Zeit einspielen. Zentrale Service-Callcenter bieten große Vorteile bei der Statistikführung, die direkt dem Kunden zugute kommen. Damit können wir schneller und präziser Fehlerquellen ausmachen. So werden Beschwerdestellen schon bald ganz überflüssig sein."

„Erhält man dort auch Hilfe bei Fragen zu den Tarifen?"

„Besser als das! Sie können dem Callcenter Ihre Briefe direkt am Telefon diktieren."

„Das ist alles? Und das Porto?"

„Finden Sie beim nächsten Postamt oder direkt im Internet. Das Callcenter schickt den Brief direkt zu Ihnen nach Hause, denn Sie wollen ihn ja noch unterschreiben ... und frankieren, ist doch klar oder?"

„Ach so, ja! Da hört man den Fachmann heraus! Ist dieser Service teuer?"

„Er wird ganz unbürokratisch vom Konto des Postkunden abgebucht. Und jedes 20. Diktat ..."

„... ist gratis. Versteht sich. Verstehen Sie mich bitte nicht falsch! Inwieweit ist so etwas heute, im Zeitalter des elektronischen Briefverkehrs ...?"

„Diese Frage richtet sich eindeutig an den Gesetzgeber. Sobald dies gewünscht wird, dehnen wir unser fortschrittliches Direkt-Service-Angebot auch auf die elektronischen Briefkästen aus.“

„Die Post bietet heute neuartige Dienstleistungen an wie Fäcktorie, ich weiß nicht, ob ich mich da richtig …?“

„Ganz richtig! Datafactory und Diskmailing, Mailing Factory und Local reply, Postaddress Clean, Postaddress Move und viele andere bahnbrechende Neuheiten ...“

“… Entschuldigung, Herr Mähkorn, ich habe auf Ihrer neuen Webseite von Quality Calls gelesen. Was bitte sind: Quality Calls?“

„Einen Augenblick! Lassen Sie mich mal eben … Das sind, wenn ich mich nicht irre, ach ja, hier: Kwolliti Kollz sind Call-Center-Premiumdienstleistungen für das Customer Relationship Management.“

„Aha, ja klar ... Da hört man deutlich den Fachmann heraus. Nur, was machen Sie, wenn Konkurrenzunternehmen noch stärker auf dem Markt auftreten?“

„Da ist es natürlich am Gesetzgeber, mit flankierenden Maßnahmen *unser* Serviceangebot zu stützen.“

„Nun, Herr Nähgarn, ...“

„Mähkorn, verstehen Sie, Herr Schleicher? Määähkorn!“

„Selbstverständlich! Herr Mähkorn, Sie waren vorher etliche Jahre an der Spitze der Deutschen Bahn. Am Ende blieben ein paar Vorhaben auf der Strecke. Und ein paar Kundenwünsche wohl auch.“

„Die von mir eingefädelten Maßnahmen werden mittelfristig auch bei der Deutschen Bahn zu bahnbrechenden Erfolgen werden.“

„Hoffentlich müssen wir Sie da nicht wörtlich nehmen – bei dem *Bahn brechen*!“

„Unsere Maßnahmen werden spätestens in 20 oder 30 Jahren greifen und allen künftigen Generationen das Leben erleichtern.“

„Denken Sie mit Ende 60 eigentlich niemals an Ruhestand?“

„Wenn meine Erfahrung in der Unternehmenssanierung gebraucht wird, werde ich mich der Verantwortung für das Land nicht entziehen.

„Und postwendend einem Ruf in die Post-Bank folgen ...“

„Post-Bank? Nun ja, es ist ja noch kein Mäh, hmm, Meister vom Himmel gefallen.“

„Oder lieber gleich zum neuen Flughafen nach Berlin, um dort mit dem Mähdrescher alles umzupflügen, was das Missmanagement und die Politik über Jahre angerichtet haben?“

„Nun mal langsam mit die jungen Pferde, Herr Schleicher! Ein Polytick ist zwar keine Voraussetzung für den Umgang mit dem Irrsinn in der Politik, er macht die Politik aber ungemein erträglicher.“

„Polytick nennt man das also ... Mit diesen tiefgründigen Einlassungen würde ein Psychiater gewiss seinen Freud an Ihnen finden.“

„Ich, hmm, ääh. Wie meinen Sie das jetzt?“

„Vielen Dank für das Gespräch!“

Trilogie: Hohe Tiere

Bush im Hindukush

bei den ISAF-Truppen 2005

Thanksgiving Day in the Hindukush
Being asked which meat
He would like to eat
George does not beat around the bush.
„Gefüllter Puter, Halal vom Scheich?"
„Are you kidding?!
Bin Laden gefüllt mit Putin-Fleisch."

Il Papa in Vaticano

Genau wie der *Papa* schon immer auf Erden
Die Vaterschaft anerkannt für seine Herden
Ein Vati kann
Im Vatikan
Gewiss dereinst mal *Papa* werden.

Schoeneß in Bayern

Fußball-Ikone Uli Hoeneß
Dein Lebenswerk krönt jetzt weniger Schoenes.
Dein *Fair Play* gelingt nur auf dem Rasen
Kein *Fair Pay*, das bringt selbst Fans zum Rasen.
Als großer Steuermann mit Deinem Image löhnest
Denn bei der Steuer, Mann, à la Suisse uns verhoeneßt.

Unter übergeordneten Abgeordneten

Interview mit dem Bundestagsmitglied Dr. Siegfried Welsch, 2011

Reporter Reiner SCHNAPPAUF: *{mit rheinischem Akzent}* Herr Dr. Welsch, nach wochenlangen Bemühungen freue ich mich, dass sich endlich ein Mitglied des Bundestags zu einem Gespräch über den *Abgeordnetenstatus* bereiterklärt hat. Sie sind Mitglied im Antikorruptionsausschuss, im Petitionsausschuss sowie im Rechtsausschuss. Bitte erklären Sie uns, warum die Tätigkeit des Antikorruptionsausschusses bislang kaum wahrgenommen wurde? Kritiker behaupten, Sie scheuen das Licht der Öffentlichkeit.

MdB Dr. Siegfried WELSCH: *{mit schwäbischem Akzent}* Herr Schnappauf, unsere Arbeit findet hinter verschlossenen Türen statt, da in aller Regel Geheimhaltungs-Bestimmungen oder Sicherheitsfragen berührt sind. Sie können getrost davon ausgehen, dass der Ausschuss seinem Auftrag mit aller gebotener Sorgfalt nachkommt.

Reiner SCHNAPPAUF: Herr Dr. Welsch, der Bundesrechnungshof überprüft die Tätigkeit der Ministerien und schützt den Bundesbürger damit gegen Amtsmissbrauch und Verschwendung im Amt. Wer schützt den Bürger eigentlich vor Missbrauch und Verschwendung durch den Gesetzgeber?

MdB Dr. WELSCH: Tja, also, hören Sie, da muss der Bürger sich schon ein wenig an die eigene Nase fassen. Schließlich ist unsere Volksvertretung aus freien und unmittelbaren Wahlen hervorgegangen.

Reiner SCHNAPPAUF: Was sagen Sie zu dem Vorwurf, dass bei einer Reihe von Abgeordneten in Bund und Ländern das parlamentarische Geschäft von Generation zu Generation weitergereicht wird? Auch Ihr Bruder ist im Bundestag, als Franktionschef. Gibt es Erbhöfe, so wie sie Politiker ihrerseits bei einem Teil der Sozialhilfeempfänger sehen?

MdB Dr. WELSCH: Ach, wissen Sie, solche Vorhaltungen sind reichlich geschmacklos. Sie erwarten doch nicht allen Ernstes eine Antwort darauf!

Reiner SCHNAPPAUF: Dann sprechen wir von etwas anderem. Der Bund der Steuerzahler ist erstaunt, dass sich Politiker so vehement gegen die Offenlegung ihrer Einkünfte stellen, während dieselben Politiker aber zum Beispiel von einem Arbeitslosengeld-Empfänger verlangen, dass er über jeden Atemzug in seinem Leben Auskunft gibt, bis hin zu Hauskontrollen und die Einsicht ins Bankkonto. Weil er auf Kosten des Steuerzahlers lebt. Letztlich doch nicht anders als die Parlamentarier.

MdB Dr. WELSCH: Seit der jüngsten Novelle des Abgeordnetengesetzes sind Nebeneinkünfte offenzulegen. Aber vergessen Sie bitte nicht, dass der Abgeordnete auch Vorsorge treffen muss für die Zeit nach dem Mandat.

Reiner SCHNAPPAUF: So wie Bundeskanzler Schröder, der jetzt mit seiner Pipeline-Betreibergesellschaft Gazprom im schweizerischen Zug sitzt, einem Kanton, der sogar für schweizerische Verhältnisse als ein Steuerparadies gilt. Ist der Eid, den Nutzen des deutschen Volkes zu mehren, schon einen Tag nach der Beendigung eines Amtes nichts mehr wert?

MdB Dr. WELSCH: Nun werden Sie persönlich. Für eine Diskussion von Personalia stehe ich nicht zur Verfügung.

Reiner SCHNAPPAUF: Ich verstehe. Nun, Herr Dr. Welsch, Bundestags-Abgeordnete erhalten eine Bruttodiät von über 7.000 €, und das neben einer steuerfreien Kostenpauschale von 3.600 €. Außerdem eine kostenlose Netz-Card der Bahn und freie Flüge für mandatsbedingte Termine. Warum brauchen Abgeordnete zusätzlich reihenweise Aufsichtsrats- und Vorstandsposten? Schaden diese eigentlich nicht der Unabhängigkeit und Transparenz?

MdB Dr. WELSCH: Der Abgeordnete ist *de jure* frei und nur seinem Gewissen unterworfen. Daran wird sich auch in der Zukunft nichts …

Reiner SCHNAPPAUF: Die Abgeordneten behaupten gerne, dass sie 70 bis 120 Stunden pro Woche arbeiten. Bleibt denn da noch Zeit für Nebentätigkeiten?

MdB Dr. WELSCH: Zur Gewissensfreiheit gehört auch die Freiheit zur Annahme eines Nebenerwerbs, zum Beispiel zur Alterssicherung. Wie ich sagte, man muss schließlich auch an die Zeit nach dem Mandat denken.

Reiner SCHNAPPAUF: Schon mit 8 Jahren Bundestagszugehörigkeit hat der Abgeordnete höhere Pensionsansprüche als Rentner nach 30 Jahren. Außerdem drängt sich die Frage auf: Wie will ein Abgeordneter wie Friedrich Merz mit 18 Nebenjobs eine Steuererklärung jemals auf einen Bierdeckel bekommen?

MdB Dr. WELSCH: Also bitte, jetzt kommen Sie mir schon wieder ...

Reiner SCHNAPPAUF: ... mit Personalia, ich weiß. Wenden wir uns einem weiteren Reizthema aber den Übergeord... , ich meine über den Abgeordnetenstatus zu. Der Deutsche Bundestag hat die 2003 unterzeichnete Konvention der Vereinten Nationen gegen Korruption noch nicht ratifiziert. Dabei geht es um die schärfere Bestrafung von Abgeordneten bei Bestechung. Im Kern sollen die Parlamentarier lediglich den Beamten gleichgestellt werden. Bitte erklären Sie uns, warum der Bundestag die Konvention nach sechs Jahren immer noch nicht ratifiziert hat?

MdB Dr. WELSCH: Weil das einem Eingeständnis gleichkäme, dass eine Kontrolle Not tut. Ich bitte Sie! So etwas ist doch völlig abwegig, Herr Schnappü... äh, Schnappauf.

Reiner SCHNAPPAUF: Über 160 Staaten haben das Abkommen schon ratifiziert. Die Ratifizierung scheitert in Deutschland daran, dass die strafrechtliche Regelung der Abgeordnetenbestechung nicht der Konvention entspricht. Der Bundestag rückt damit Deutschland in die Nähe zu anderen Außenseitern wie Nord-Korea, Syrien und Sudan.

MdB Dr. WELSCH: Dass wir ohne auskommen, zeichnet uns ja gerade aus.

Reiner SCHNAPPAUF: Auch eine ganze Reihe afrikanischer Staaten, und darunter sogar Simbabwe, sind uns mit der Ratifizierung voraus.

MdB Dr. WELSCH: Schauen Sie, jetzt vergleichen Sie uns ausgerechnet mit einem afrikanischen Land, in dem unter rechsstaatlichen Gesichtspunkten alles drunter und drüber geht. Wollen Sie den deutschen Staat beleidigen?

Reiner SCHNAPPAUF: Es entsteht doch zumindest der Eindruck, dass der Bundestag Furcht vor einer wirksamen Kontrolle hat.

MdB Dr. WELSCH: Unsinn! Der Bundestag fürchtet nur einen. Und zwar den Wähler.

Reiner SCHNAPPAUF: Erklärt diese Angst auch, warum sich die Mehrheit der Abgeordneten nicht zur Einführung von Volksbefragungen in wichtigen Fragen durchringen kann?

MdB Dr. WELSCH: *{Holt ein Feuerzeug aus der Hosentasche und spielt nervös damit herum. Schnappauf kann die Aufschrift aber nicht richtig erkennen. Er liest „REIZMA".}* Schauen Sie! Es gibt in der Politik extrem filigrane Sachverhalte, mit denen man die Menschen leicht überfordern kann. Daher gibt es zum Glück kompetente Sachverständigengremien. Und uns im Deutschen Bundestag. Das ist wie in der Wirtschaft: Nennen Sie es eine Art Kundendienst!

Reiner SCHNAPPAUF: Herr Dr. Welsch, die Bundregierung hat sich den Klimaschutz als Schwerpunkt auf die Fahne geschrieben. Zwei Drittel aller Bundesbürger stehen nach den letzten Umfragen einer allgemeinen Geschwindigkeits-Begrenzung auf den deutschen Autobahnen absolut positiv gegenüber. Hinken die Bundestagsabgeordneten in der Frage dem deutschen Volk hinterher?

MdB Dr. WELSCH: Also Herr Schnappauf, es ist schon sehr auffällig, in welcher Weise Sie hier … Hören Sie bitte! Der deutsche Abgeordnete hinkt nicht. Er geht aufrecht …

Reiner SCHNAPPAUF: … ja, aufrecht schon, aber langsam. Das eine schließt das andere nicht aus. Oder wie nennen Sie es, wenn erst nach jahrzehntelangem Geburtenrückgang endlich die politischen Weichen neu gestellt werden für den überfälligen Ausbau von Krippenplätzen und Kindergartenplätzen?

MdB Dr. WELSCH: Also, nun mal langsam und immer der Reihe nach. Sie vergessen, dass der Bundestag seit Jahren gerade auf diesem Gebiet ganz enorme Aktivitäten entfaltet hat und versucht …

Reiner SCHNAPPAUF: Stimmt! Seit dem Umzug nach Berlin hat der Deutsche Bundestag seinen eigenen Kindergarten. Ist also letztlich alles nur eine Frage des politischen Willens …?

MdB Dr. WELSCH: Nun, also, da ist, ich meine, wir haben doch, beziehungsweise der Bundestag hat ... Es handelt sich sozusagen um ein Musterprojekt und kommt langfristig selbstverständlich allen Bürgern zugute. Über eine kleine Ausweitung dieses Projekts kann man zu gegebener Zeit nachdenken.

Reiner SCHNAPPAUF: Nachdenken, ... immerhin! Über das Rauchen wurde Jahrzehnte nachgedacht: Erst durch eine europäische Verordnung wurde Deutschland gezwungen, die Tabakwerbung zu verbieten. Die Umfragen der letzten Jahren zeigen, dass die ganz große Mehrheit der Deutschen einen noch effizienteren Nichtraucherschutz in öffentlichen Gebäuden und in Restaurants befürwortet. Der Bundestag hingegen tut sich schwer mit Verbesserungen dieser Art. Ist unsere parlamentarische Demokratie noch repräsentativ? Oder anders ausgedrückt: Ist der Volksvertreter noch ein Vertreter des Volkes?

MdB Dr. WELSCH: *{Steckt das Feuerzeug hastig in die Tasche. Dabei erkennt Schnappauf die Anfangsbuchstaben REEMTS in der Aufschrift.}* Also, nun machen Sie aber mal einen Punkt. Diese Frage hatten wir nicht abgesprochen.

Reiner SCHNAPPAUF: Herr Abgeordneter, einige Sprachwissenschaftler werfen den Abgeordneten unverhohlen Amtsmissbrauch vor, wenn es um die gestelzte Amts- und Gesetzessprache geht. Es ist immer wieder davon die Rede, es hätte sich eine Art Geheimjargon entwickelt, den nur Eingeweihte verstünden.

MdB Dr. WELSCH: ... Also wo haben Sie das denn schon wieder aufgeschnappt? Die Konstatierung der Inkompatibilität von Mandat und Moral ist ein rein mediales Konstrukt und dient einzig und allein der Diskreditierung der Politiker ...

Reiner SCHNAPPAUF: *(unterbricht ungehalten)* Solchen unverständlichen Formulierungen sei der Bürger völlig hilflos ausgeliefert, meinen Experten. Driftet unsere Gesetzessprache tatsächlich langsam ab in eine Art Kauderwelsch, so wie es die Boulevard-Presse sieht, Herr Dr. Kauder äh, Herr Dr. Welsch?

MdB Dr. WELSCH: Zum Kuckuck! Das ist schon äußerst geschmacklos. Schneiden Sie das gefälligst raus!

Reiner SCHNAPPAUF: Wie bitte? Wir sind auf Sendung. Live!

Große Tiere - kleine Tiere:

Der Schreibtischhengst

Der Mensch ist ein Gewohnheitstier

Er schläft mal dort, er schläft mal hier

Schläft ganz allein, zu zweit, doch immer

In einem warmen Bett im Zimmer.

Der Amtsschimmel vorm Eselsohr

Zieht den Büroschlaf gerne vor

Lässt Hering, Reißwolf, Klammeraffen

Wie Freiwild für das Stimmvieh schaffen.

Vor Hohen Tieren steht er stramm

Doch arme Schweine macht er klamm

Man wünscht der Paragraphenreiter

Fällt tief von der Behördenleiter.

Ex-Stasi in tierischer Ekstase

ANSAGER: Medienberichten zufolge haben sich in den neuen Bundesländern Vereinigungen gebildet, in denen sich sowohl DDR-Nostalgiker als auch ehemalige Stasi-Mitarbeiter zusammengeschlossen haben: zum Beispiel die „Gesellschaft für Bürgerrechte und Menschenwürde e.V." und die „Gesellschaft zur rechtlichen und humanitären Unterstützung". Ehemalige DDR-Bürgerrechtler behaupten, ihre Mitglieder verklärten die Vergangenheit. Sie fühlten sich als Opfer der westdeutschen Siegerjustiz und forderten Entschädigungszahlungen. So werden zum Beispiel bei Beerdigungen von Ehemaligen weiterhin Grußformen mit alten Titeln gebraucht. Kein Fernsehprogramm hat es bisher gewagt, einem Ex-Stasi-Offizier einen solchen Erklärungsraum zu bieten.

MODERATORIN: Liebe Zuschauer, wir wollen uns heute Abend eines brisanten Themas annehmen. Ich weiß, dass Sie ins Studio gekommen sind, um einen Bericht über die DDR-Vergangenheit zu erhalten. Und das aus erster Hand. Denn unser heutiger Studiogast war Mitarbeiter des Ministeriums für Staatssicherheit der DDR, kurz MfS. Selbstverständlich sind Pauschalurteile über die sogenannte Stasi-Schnüffelei Gift für das Zusammenwachsen unseres Landes. Es wird heute gemeinhin eingeräumt, dass der Westen schon viel sensibler mit seinen Nachbarn aus den neuen Ländern umzugehen gelernt hat. Wir haben bereits die Vertreter von verschiedenen anonymen Gruppen in unser Studio eingeladen: Anonyme Alkoholiker, anonyme Raucher, anonyme Daumenlutscher und anonyme Abgeordnete. In unserem heutigen Beitrag bieten wir die Gelegenheit, einem im doppelten Sinne aufgelösten Beamten des aufgelösten MfS zu *lauschen*. Wir wissen, dass gegenseitiges Zuhören die Grundlage für Vertrauensbildung ist. Sie haben gewiss Verständnis dafür, dass unser Studiogast nicht namentlich genannt werden möchte.

STASI-MANN: *{sächselnd:}* Nu, ich danke Ihnen für die Einladung und die Chance, endlich einmal auseinanderzulegen, wie anstrengend unser Einsatz für das Vaterland war. *{voller Ekstase:}* Und welche Dankbarkeit wir empfinden für die schöne Zeit, die wir haben durften. Natürlich, unser

Auftrag war ein tierisch gefährliches Unterfangen. *{Im Studio witzelt ein Zuschauer mit NVA-Mütze und Schweinenase.}*

{Im Flüsteron:} Schließlich durfte uns rein gar nichts entgehen. Und so eröffnete sich dem Zeiss-Fischauge vom Hosenstall aus nicht immer gerade eine Augenweide. *{Er schaut vorsichtig nach links und rechts:}* Als Kundschafter des Friedens hatten wir die vaterländische Pflicht, jede Bewegung der Sackratten im Westen zu verfolgen. Alles sollte haargenau festgehalten werden. *{lauter:}* Das gehörte zu den Spielregeln im kalten Krieg. Man konnte ja nie wissen, wozu die Kapitalisten alles fähig waren.

Hin und wieder hatten wir auch die Bonner Rheinwiesen im Visier, wenn sich wieder hunderttausende Westdeutsche zu Friedensdemonstrationen versammelten. *{jetzt ekstatisch:}* Wir konnten zurecht stolz sein, dass so viele Menschen für unsere Friedenspolitik und gegen den NATO-Doppelbeschluss angetreten waren … Ich bekomme heute noch eine Gänsehaut, wenn ich an die Demos denke: an der Startbahn West, in Gorleben und in West-Berlin. Wir haben uns natürlich zurückhalten müssen. Man soll ja nicht die Pferde scheu machen. Denn auf denen saßen schließlich nervöse westdeutsche Bullen.

Als Kundschafter des Friedens observierten wir im Jahr 1972 auch den spannendsten Hammelsprung aller Zeiten. Dank einer niedlichen *Wanze* waren wir ins Bonner Abgeordnetenhaus direkt zugeschaltet. Einer unserer genialen Streiche. Bei der Abstimmung lief alles wie *geschmiert*. Mit ein paar Kröten ist eben alles machbar bei kapitalistischen Parlamentariern. Der Fisch stinkt eben vom Kopf.

Ein gefährlicheres Beobachtungsobjekt war die gefräßige europäische Währungsschlange, mit der westdeutschen D-Mark als ihr Kopf. In Westeuropa waren alle gezwungen ihr hinterherzukriechen, um ihr nicht zum Fraß zu fallen. Und ihre psychologische Zersetzungsfunktion war ein scharfer Zahn gegen unseren kleinen Staat. Wir hatten Schwein, dass unser großer Bruder uns behütete wie eine Glucke ihre Eier. Mit dieser Währungsschlange sollten dann die Devisenmärkte zu unseren Ungunsten manipuliert werden, um uns im Osten zu verknechten. Westdeutsche Geldhaie fütterten die Schlange deswegen tüchtig mit Franken, Kronen und Gulden. Nichts als aggressiver westdeutscher Hegemonialismus!

Und der Marx'sche Populismus, ich meine Pauperismus hat sich ja in der BRD auch tatsächlich manifestiert: im schwächelnden Bildungswesen, wie sogar Eure PISA-Studie belegt. Das westliche Bildungswesen hat zur geistigen und kulturellen Verarmung der Massen geführt und uns die Massen in die Arme getrieben. Na gut, vielleicht nicht alle Bürger, aber viele standen unseren Ideen nahe. Und Eure selbstgemachte Verarmung im Bildungssektor bildete zusammen mit strengen theologischen Familientraditionen den richtigen Brutkasten für den bürgerkriegsartigen politischen Terrorismus der 1960er und 70er Jahre. Nun, ich gebe zu, dass wir hier und da ein wenig nachhelfen mussten. *{schelmig:}* Es war doch ein Kritiker von Euch aus dem Westen, der anmerkte: „Jede Gesellschaft hat die Terroristen, die sie verdient."

Zugegeben, es wurden Fehler gemacht. Und dass 1975 bei der Geiselnahme die deutsche Botschaft Stockholm in die Luft flog, war ein dummes Missverständnis. Doch Sie müssen zugeben, dass Baader und Meinhof uneigennützige Visionen hatten. Gerade mal 34 Menschen sind *vor die Hun...*, hm, haben ihre Leben verloren. Und wenn sich Leute wie Baader so idealistisch als Retter des Volkes aufopfern, sind dann die Todesopfer – verteilt über 20 Jahre – wirklich so viel?!

Als der Westen zu einer Treibjagd auf die Freiheitskämpfer der 70er Jahre blies, war es unsere vaterländische Pflicht für unser soziales Gewissen, diese Freiheitskämpfer unter unsere Fittiche zu nehmen und ihnen brüderlich beizustehen durch die Ausstattung mit einer neuen Identität für einen wohlverdienten Ruhestand bei uns.

Unsere soziale Fürsorge können Sie schon daran ablesen, wie viele vereinsamte Sekretärinnen aus dem Bonner Ministerialdschungel wir vor dem sicheren Freitod bewahrt haben. Wir haben uns engagiert, um für diese armen Schmusekätzchen einen passenden Kater zu finden. Ja, und Eurem Willy Brandt haben wir mit Guillaume sogar einen unserer allerbesten Mitarbeiter als rechte Hand zur Seite gestellt. Wer weiß, ob er ohne unsere Nachhilfe überhaupt diese erfolgreiche Entspannungspolitik herbeigeführt hätte?! Wer wollte denn da von einem Kuckucksei sprechen oder gar von einem Maulwurf? Ein wenig Dankbarkeit im Westen wäre an dieser Stelle schon angebracht.

Wahrscheinlich ist es sowieso für die Katz, Ihnen all das auseinanderzulegen. Jedenfalls Sie sollten bedenken, dass die Sicherheitsorgane der Deutschen Demokratischen Republik immer soziale Verantwortung wahrgenommen haben. Als der größte Arbeitgeber der DDR haben wir 100.000 Mitarbeitern einen festen und sicheren Arbeitsplatz geboten. Und für sage und schreibe 200.000 Kollegen als freie Mitarbeiter bedeutete die Arbeit ein wichtiger Nebenerwerb und eine Auszeichnung. Die meisten übersehen bei Ihnen Ihnen völlig, dass wir damals im ersten Arbeiter- und Bauernstaat auf deutschem Boden sogar Vollbeschäftigung hatten. Und heute?!

Jetzt fangen Sie mir bloß nicht mit Reisefreiheit an! Da kann ich fuchsteufelswild werden. Für Millionen arbeitsloser Bürger Ihrer BRD war Reisefreiheit doch bloß eine Farce, wenn man bedenkt, dass sie sich nicht einmal ein Ferien-Wochenende in der Eifel oder im Bayrischen Wald leisten konnten.

Sehen Sie, die älteren Zuhörer unter Ihnen werden sich noch sehr gut erinnern, wie voreingenommen der Westen gegenüber der Staatsgründung der DDR war. Die westlichen Medien waren uns von Anfang an spinnefeind gesonnen, als wir zu unserem Schutz die Grenze sichern mussten. In den ersten Jahren hat sich die skandalhungrige Presse nicht viel gescheites zur Berichterstattung einfallen lassen. Da wurden unsere Großeinkäufe für kinderreiche Familien zu Käufer-Schlangen wegen Warenknappheit und Hamsterkäufen aufgebauscht. Und so aalten sich in ARD und ZDF die Bundesdeutschen allabendlich in sülzigen Nachrichtenenten.

Auch die Geschichtsschreibung zur Behandlung politischer Gefangener in der DDR ist übertrieben. Gut, den Einen oder Anderen haben wir in Bautzen zu lange brutzeln lassen. Wir mussten einigen Dissidenten einfach einen Denkzettel verpassen. Nachdenken hat schließlich noch Niemandem geschadet.

Ich räume gerne ein: Was den Schutzwall der Deutschen Demokratischen Republik gegen imperialistische Eindringlinge angeht, so ist es ist in der Tat zu ein paar bedauernswerten Unfällen gekommen. Leider machte die westdeutsche Propaganda daraus gleich hunderte Erschießungen und stellte uns als blutrünstige Hunde hin.

Schauen Sie: Die Tatsache, dass Freiheitskämpfer wie Christian Klar erst nach Jahrzehnten freigelassen wurden und ihre lange Isolationshaft beweisen ihren Status als Kriegsgefangene der BRD, auch wenn den „RAF"-Angehörigen dieser Status offiziell immer verweigert wurde. Sieht sich die RAFF-gierige Regierung denn immer noch im Kampf?! Mit der Verweigerungshaltung zu dem Antrag auf Begnadigung von bestimmten Terroristen leisteten die Bundespräsidenten Rau und Köhler dem Staat einen echten Bärendienst.

Seit 2006 kommt in der BRD ausgerechnet die schnöde Diskussion um Terrorismusopfer wieder in Gang. Euer ehemaliger Arbeitgeberpräsident Schleyer und Bundesanwalt Buback sowie Ponto von der Dresdner Bank werden immer genannt. Dabei wird das Pferd von hinten aufgezäumt, denn *uns* von der Staatssicherheit hat man dabei völlig vergessen. Obwohl wir doch in jahrzehntelanger Demütigung die größten Opfer imperialistischer Unterdrückung wurden. Es ist an der Zeit, dass der Öffentlichkeit die Augen geöffnet werden. Und dass man endlich von Entschädigung *für uns* spricht. Als Opfer westlicher Siegerjustiz.

Aber die Vaterlandsverräter, die Staatszersetzer des Arbeiter- und Bauernstaats, die man hier politische Gefangene nannte, kassieren jetzt an unserer Stelle 250 Euro Entschädigung monatlich vom Staat. So wie dieser Agent Provocateur, der zu seiner Klampfe griff und ein paar Ohrwürmer mit westdeutscher Propaganda sang. Und der natürlich vom Westen zum antisozialistischen Liedermacher ausgebildet worden war: Wolf Biermann, dieser gerissene Wolf im Schafspelz.

Geradezu lächerlich sind die Vorwürfe, unser Ministerium hätte in großem Stile westdeutsche Technologie ausspioniert und kopiert. Wir hätten viel zu viel Arbeit mit den Materialtests und der Überarbeitung fehlerhafter Produkte gehabt. Wie riskant technische Übernahmen waren, beweist doch Mercedes mit dem Elchtest. Sie werden sagen: Einem geschenkten Gaul schaut man nicht ins Maul. Aber solche Geschenke hatten wir nicht nötig.

Außer einmal vielleicht. Damals gab es diesen stiernackigen bayrischen Vollblut-Politiker. Von allen Politikern der BRD war der Strauß wohl der schrägste Vogel, auch wenn er dann als Bundfinanzminister eher ein

Sparschwein war. Ausgerechnet der kohlrabenschwarze Strauß war es, der uns mit einem milliardenschweren Kredit aus der Patsche geholfen hat, als der Pleitegeier bedrohlich über unserer ewig unvergesslichen Deutschen Demokratischen Republik kreiste.

Zugegeben, unsere *hohen Tiere* sind nicht mehr am Drücker und die DDR ist vorerst von der Bildfläche verschwunden. Am Ende war wohl irgendwie der Wurm drin. Aber nur, weil solche Genossen wie Schalck und Vogel alles verbockt haben. Geldhaie waren sie. Der Genosse Erich war lediglich ein sturer Esel. Leider haben dann einige unserer Leute die Mücke gemacht. Die waren natürlich vom Westen angestiftet, mit falschen Versprechungen. Wir haben uns deshalb mit den wichtigsten Archiven nach Osten zurückgezogen. Vorübergehend, als rein taktische Maßnahme, versteht sich ...

Am Anfang wollten unsere Bürger den Anschluss nur in der Technik und aus rein materiellen Absichten, nun ja, vielleicht eine missverstandene Aussage aus der Marx'schen Doktrin vom dialektischen Materialismus. Doch dann wollten Manche auch den staatlichen Anschluss. Das zeigte, dass unsere Bürger leider nicht reif waren für den sozial existierenden Realismus ... Menschlich hat mich dieses Verhalten tierisch enttäuscht. Aber so richtig in Rage komme ich erst, *{dabei schlägt er wütend auf den Tisch:}* wenn diese westdeutschen Platzhirsche uns jetzt als Sündenböcke hinstellen und sogar als Ex-Stasi-Schweine provozieren.

Für heute reicht es, Genoss..., meine Damen und Herren, Danke jedenfalls für die Einladung!

MODERATORIN: Vielen Dank! Liebe Zuschauer, das war ein *Ex-Stasi in tierischer Ekstase*. Wir danken dem Studiogast für seine ungewöhnlich freimütige Schilderung. An der einen oder anderen Stelle hätte ich mir ein wenig mehr Einfühlungsvermögen gewünscht. Reaktionen im Publikum bestätigen nur, dass manch einer bis heute nicht reif ist für die Wiedervereinigung mit der Ostzone. – Doch nun zu unserem nächsten Beitrag ...

Staates Diener, sei kein Frosch!

Tierisches Engagement im Staatsdienst

Rauscht jäh der Wind durch Blätterwald,
so ändert sich das Wetter bald.
Wer springt aus Teich und grünem Laub,
verlässt die Laich für trocknen Staub?
Folgt pflichtbewusst der Lurchenpflicht,
trotzt leidensvoller Schwimmhaut-Gicht,
putzt Flossen ab vom nassen Gras
und steigt hinab ins Einmachglas?

Das ist - als Wetterfrosch bekannt -
ganz selbstlos dienend Stadt und Land,
ein schlecht bezahlter Mitarbeiter,
auf der TV-Behörden-Leiter
tief unten, doch kämpft immer weiter
und glattweg ohne Blitzableiter,
warnt zeitig vor Gewitter-Wettern
im Wetterdienst beim Sprossen-Klettern.

Die Branche schätzt als Pionier
das Wetterfühlige am Tier.
Denn hockt es traurig unter Sprossen,
macht uns das Wetter sehr verdrossen.
Ersteigt der Frosch jedoch die Leiter,
wird unser Wetter wieder heiter.
Und hüpft er hoch ganz frisch und munter
dann scheint der Sonnenschein noch bunter.

Bei Regen werden Sprossen glatt,
was unser Frosch recht gerne hat.
Doch stürzt das Wetter völlig ab,
schaufelt der Blitz ihm glatt ein Grab.
Idealist, der engagiert
für uns das Klima eruiert.
Null Toleranz, wenn er mal stört,
weil er im Garten nächtlich röhrt.

Drum, Staates Diener, sei kein Frosch!
Tu Deine Pflichten frei und forsch,
steck Dein Salär stolz ans Revers!
Den Lorbeerkranz trägt anders wer.
Folg der Moral von dem Gedicht,
verfremde Dein' Charakter nicht.
Verwahr Dich streng, ohne zu stutzen,
Dein Engagement so auszunutzen.

Alphatiere moderner Kunst – „Oh wei wei!"

Wahre Alphatiere der Kunst findet man nur unter Tieren. Der Mensch äfft bloß nach, und zwar Tiere, Natur und andere Menschen. Pflanzen und Tiere sind nicht imstande zu imitieren. In Feldversuchen mussten Verhaltensforscher enttäuscht mit ansehen, dass selbst Menschenaffen nicht in der Lage sind zu imitieren, und sei es auch, dass das mit einer Belohnung durch Erdnüsse verbunden ist.

Plüschtiere, Schaukelpferd und Kinderkarussel. Ballspielende Seelöwen im Zoo und kletternde Affen. Für unsere Kleinsten sind das die wahren Künstler.

Nehmen wir die Beutekunst dagegen! Die Rede ist dabei immer nur vom Krieg und der Erbeutung wertvoller Kunstwerke. Kommentare lassen echte Ausbeutung vermissen. Niemand spricht von den armen Beutetieren, die vom Flohzirkus bis zum Staatszirkus Frondienst leisten müssen und Kunststücke vollbringen, indem sie durch brennende Reifen springend Kopf und Kragen riskieren. Das ist wahre Beutekunst.

Der einzige Flohzirkus Europas befindet sich in ... Na, wo schon? In Bayern. Seit 1848 schleppen in Pernbach bei Ingolstadt Flöhe bis zu 200 Gramm. Kein Tierschutz für Wirbellose! Die armen Tierchen werden vorgeführt: am Halsband aus feinstem Draht, mit dem sie an ihr Gerät angebunden werden. Die Artisten ziehen winzige Kutschen, schießen Fußbälle und jonglieren. Nach ein paar Auftritten von je 10 Minuten vor 20 Personen sind die Kleinen restlos geschafft, sie haben zwei Drittel ihres Gewichts verloren. Erst jetzt dürfen sie Kräfte sammeln, indem sie aus dem Arm ihres Dompteurs roten Saft saugen.

Einen Flohzirkus hat die deutsche Hauptstadt nicht zu bieten. Seit einigen Jahren ist Berlin aber neben New York, Los Angeles und Sao Paolo immerhin berühmt für seine *Street Art*. Die Bilder von dem italienischen Graffitikünstler Blu gelten als Symbol für Berlins Status als Hauptstadt der *Street Art*. Die Wahlberliner Os Gomeos und Nomad sind Aushängeschilder der Stadt für den internationalen Tourismus, wenngleich die Polizei von Schmierereien spricht und Sonderermittler einsetzt. Eine Sonderform von Schizophrenie? Ein Platzhirsch, so wie der anonyme

Künstler Banksy in London, hat sich hier noch nicht durchsetzen können. Aber das Niveau ist hoch und es gibt riesige Freiflächen, um die sich Künstler aus der ganzen Welt reißen. Wer durch Kreuzberg fährt, sieht jede Woche neue Graffiti.

Nach 1945 wandten sich viele Künstler von gegenständlichen Darstellungen ab. Als Pate stand ihnen dabei der russische Avantgardist Kasimir Malewitsch mit seinem berümten Gemälde *Schwarzes Quadrat auf weißem Grund* zur Verfügung. Daran wollten sie ab 1950 anknüpfen. Ihr Ziel war das reine Kunstwerk, also kein Abbild, kein Inhalt oder Symbolgehalt. Es sollte keinen Bezug zur Welt außerhalb des Bildes geben. Die Gemälde repräsentieren nur noch sich selbst und den Prozess der Malerei.

Doch abstrakte Kunst ohne konsumierbaren Inhalt überfordert viele Ausstellungsbesucher. 1977 beschädigte eine Besucherin eine weiße Leinwand der Malerin Jo Baer, indem sie mit dem Mund einen Abdruck ihres Lippenstiftes hinterließ. Bei ihrer Vernehmung erklärte sie, sie habe das Bild als kalt empfunden und wollte es etwas aufheitern. Abstrakte, monochrome Malerei provoziert und kann labile Menschen sogar richtig verängstigen.

Und so wurde 1982 ein Werk von Barnett Newman in der Berliner Nationalgalerie von einem verwirrten Studenten attackiert. Das Gemälde heißt *Who is afraid of Red, Yellow and Blue IV*. Der Täter gab an, er habe sich bedroht gefühlt und das Werk stelle eine Perversion der deutschen Flagge dar. Der Skandal löste eine Flut von Zuschriften an die Nationalgalerie und von Leserbriefen an Zeitungen aus. Viele Menschen zeigten Verständnis für den Täter. Ein Malermeister bot kurzerhand an, das abstrakte Gemälde durch einen Lehrling wiederherstellen zu lassen – zu einem winzigen Bruchteil des Preises. Der Bildtitel nimmt Bezug auf das Theaterstück *Who's Afraid of Virginia Woolf* von Edward Albee. Dieses wiederum beruht auf dem Kinderlied *Who's afraid of the big bad wolf?* [9]

Bei moderner Kunst sind Missverständnisse geradezu programmiert. 1969 wurde das Kunstwerk *Badewanne* von Joseph Beuys in Leverkusen ausgestellt. Das war eine mit Schmieröl und mit Heftpflastern verzierte Kinderbadewanne. Im gleichen Gebäude tagte eine SPD-Ortsgruppe, der die Badewanne wie gerufen vorkam. Dankbar nutzten die Genossen die

Wanne zum Bierkühlen, nachdem sie von Putzfrauen gründlich gereinigt worden war. In einem Prozess wurden dem Leihgeber 180.000 DM Schadenersatz zuerkannt.

Ein anderes Beispiel für eine fatale Fehleinschätzung ist die *Brillo-Box* von Andy Warhol. Das Kunstwerk war die im Grunde wenig ergreifende Nachbildung eines Verpackungskartons für Topfkratzer. Diese *Brillo-Box* wurde für eine Ausstellung nach Kanada transportiert. Dort verlangte der kanadische Zoll eine Gebühr für Handelsgüter und wollte keine Zollbefreiung für eine Originalplastik gelten lassen. Dabei erhielten die Zollbeamten Schützenhilfe vom Leiter der kanadischen National-galerie, nachdem dieser Fotos des Kunstwerkes begutachtet hatte.[10] Zum Wiehern! Der Museumsdirektor war blamiert vor der ganzen Kunstwelt.

Der umstrittene und gefeierte Künstler Dennis Oppenheim war Mitbegründer der Body-Art. In seinen Video-Performances der Serie *Tooth and Nail* vor über vierzig Jahren zeigt er unterem, wie er seinen Fingernagel in eine Parkettbodenrille klemmt und sich ganz langsam den halben Fingernagel abreißt und dann einen Holzsplitter unter die Haut treibt.

Krasse Provokationen finden leichter Beachtung. Kunststück! Das Gewerk mancher Künstler ist tierisch auffällig. Versuchen Sie es selber! Machen Sie was Ihnen Spass macht! Manschen Sie Spartelmasse und Farben auf Ihre eigenen vier Wände oder beliebige Hausfassaden. Das sichert Ihnen Beachtung in der Öffentlichkeit. Wehren Sie sich gegen die Kritiker: „Jedermann weiß, dass moderne Künstler ihrer Zeit immer voraus sind." In den Galerien stimmt so eine Aussage viele Betrachter nachdenklich und die meisten Besucher gehen sowieso vor der Autorität des Ausstellers schnell in die Knie.

Die britischen Künstler Jake und Dinos Chapman stellten viele Menschen bei ihren Ausstellungsbesuchen auf eine harte Probe. Sie zeigten auch zusammengewachsene Kinderschaufensterpuppen mit Penis-nasen und Anusmündern. Mittlerweile sind derlei Provokationen zu einer billigen Masche geworden, mit der sich schwache Künstler im Zusammen-spiel mit skandalgierigen Medien ein Publikum verschaffen wollen. Das Rezept lautet: Ein paar sexuelle und religiöse Tabus verletzen, maximale Gewaltdarstellung, ein bisschen Nazi-Ästhetik hineinstreuen und dann eine Presseerklärung nach der Anderen rausschicken. Irgendjemand wird sich ganz bestimmt beschweren, auch wenn derjenige sonst nichts mit Kunst am Hut hat. Dann braucht man nur noch selbst ebenso laut zu reagieren: „Zensur, die Freiheit der Kunst ist in Gefahr!"

Der amerikanische Superstar Jeff Koons ist bekannt für perfekt produzierte Adaptationen kitschiger Alltagsgegenstände, die bei Versteigerungen trotzdem 25 Millionen Euro erzielen. Sein *Ballon Dog* stand Ende 2013 zur Versteigerung bei Christie's in New York. Der erzielte Preis von 58 Millionen Dollar war der höchste Preis, der je für das Werk eines lebenden Künstlers gezahlt wurde.

Ein in Edelstahl gegossener *Rabbit* gilt in der Kunstwelt als Ikone der 1980er Jahre. Es handelt sich um die Kopie eines aufblasbaren Kaninchens mit Karotte als Schießbudentrophäe. Jeff Koons heiratete den ungarisch-italienischen Pornostar Ilona Staller (alias Cicciolina) und feierte ihren ehelichen Geschlechtsverkehr in einigen Werken. Ihren gemeinsamen Sohn bezeichnete der Künstler in einem Interview als „biologische Skulptur". Seit Jahren stellen rund 30 Mitarbeiter eines Unternehmens bei Frankfurt viele Werke Koons in seinem Auftrag her. Der eigenwillige Meister treibt es mit häufigen Änderungswünschen auf die Spitze. Sein *Baroque Egg* kostete ganze 20.000 Arbeitsstunden. [11]

In der modernen Kunst finden sich auch klassische Bildhauertechniken wieder: Holz-Plastik, Bronzeguss, Stein- und Stahlskulptur. Der Künstler Thomas Rentmeister hatte in Köln ein Atelier. Dort verspachtelte er 2004 Kühlschranktürme mit Penatencreme und kippte auch mal eine Tonne Nutella in den Kölner Kunstverein. Es gibt aus Blut gegossene, tiefgefrorene Plastiken und abgesaugtes Fett aus dem Abfall von Schönheitskliniken als Wandgestaltung. Rachel Whiteread füllte 1993 ein dreistöckiges Abbruchhaus im Londoner East End mit Beton, ließ dann die Außenmauern abtragen und kam so zu einer plastischen Abbildung des Hohlraums.

Die beiden britischen Musiker Bill Drummond und James Cauty hatten mit ihrer Band in den 1980er Jahren ein Vermögen gemacht. Nach ihrem Rückzug aus dem Musikgeschäft spezialisierten sie sich auf spektakuläre Kulturguerilla-Aktionen. So präsentierten sie im Jahr 1993 das Objekt *Nail to the Wall*, das aus 50-Pfund-Noten im Wert von einer

Million Pfund bestand. Die Scheine waren an ein Brett genagelt und von einem Rahmen umfasst. Als Verkaufspreis waren 500.000 Pfund angegeben. Im Begleittext hieß es, der Käufer habe die Wahl, das Werk sofort auseinanderzunehmen und den Gewinn einzustreichen oder abzuwarten, bis der Wert des Werkes im Lauf der Zeit noch höher steige. Trotz der verlockenden Rendite fand sich für *Nail to the Wall* kein Käufer. Die Beiden steigerten darum ihren Radikalismus im Folgejahr, als sie eine Million Pfund auf einer abgelegenen schottischen Insel verbrannten. Eine Stunde lang schaufelten sie Scheine ins Feuer. [12]

Konzeptkunst ist eine eher minimalistische Sparte und wirft die Frage auf: „Was ist eigentlich Kunst?". Yves Klein irritierte sein Publikum, indem er die Pariser Galerie Colette Allendy 1957 im Leerzustand eröffnen ließ. Robert Barry ging noch weiter, als er 1969 in Amsterdam eine geschlossene Galerie als Ausstellung präsentierte. Der Künstler wies in der Einladungskarte darauf hin: „Während der Ausstellung bleibt die Ausstellung geschlossen". In seiner Kunsthalle in Bern löste der amerikanische Konzeptkünstler Lawrence Weiner 1969 ein Stück weißen Putz von der Ausstellungswand und präsentierte die rohe rote Backsteinmauer als Bild.

Für Konzeptkünstler war schon die Idee allein ein Kunstwerk. Der amerikanische Künstler Sol LeWitt, auf den der Begriff *Concept Art* zurückgeht, gab einmal per Fax die Anweisung an einen Assistenten, dass er mit einem schwarzen Stift eine ungerade Linie oben quer über die ganze Wand zu ziehen habe. Mit drei weiteren Assistenten abwechselnd sollte er dann versuchen, die Linie jeweils knapp unterhalb der letzten Linie zu kopieren. Im Laufe der Arbeit verstärkten sich Ungenauigkeiten und die Ausschläge der Linien nach oben und unten in verschiedenen Farben. Als die Wand von der Decke bis zum Boden voller Linien war, war ein Muster mit leicht landschaftsartigen Hügeln entstanden.

Joseph Beuys propagierte einen erweiterten Kunstbegriff, welcher alles Mögliche umfasst, was in irgendeiner Form ästhetisch bearbeitet werden kann. Von Fett und Filz über Fundstücke – bis hin zur Politik. Vor allem meinte Beuys die Gestaltung der Gesellschaft, denn die profitorientierte Gesellschaft war ihm zuwider. In seiner Utopie würden Menschen nicht mehr nach dem kapitalistischen Leistungsprinzip arbeiten, sondern würden vielmehr selber zu Künstlern einer gigantischen „sozialen Plastik". Bis es soweit sei, bliebe es bei auserwählten Künstlern wie Beuys selbst, die auf die Gesellschaft therapeutisch einwirkten. Dazu passte sein priesterhaftes Getue bei vielen Aktionen. Es versteht sich, dass es gelegentlich renitente Patienten gab. In der Aachener Universität bekam der Meister einmal einen Faustschlag ab, weil einige Studenten seinen Auftritt in der Aula missverstanden. Unverdrossen setzte er seine Show mit blutender Nase fort. [13]

Während Beuys mit Abfallrecycling und mit selbstgebasteltem Gerümpel die Welt verändern wollte und den Zuschauern „Zurück zur Natur" zurief, signierte Andy Warhol bei Vernissagen Dollarscheine und steigerte damit den Wert der Noten um ein Vielfaches. Er brach auf diese Weise mit der Lebenslüge der elitären Kunstwelt und proklamierte sein Credo: „Künstler ist ein Beruf wie jeder andere."

Moderne Kunst wird nicht von jedem sofort als solche erkannt. „Wenn's anfängt durch die Decke zu tropfen", heißt ein Werk von Martin Kippenberger. „Abstrus" steht auf dem kleinen Turm aus Holzlatten. Unter das Holzgestell hatte der Künstler einen Plastiktrog gestellt und mit einer Patina versehen. Diese Patina fiel 2011 dem Übereifer einer Putzfrau zum Opfer. Sie schrubbte das moderne Kunstwerk im Museum Ostwall im Dortmunder U kaputt. Es war mit 800.000 Euro versichert. Die Museumsrestauratorin hielt die Leihgabe eines Sammlers für nicht wiederherstellbar. Immerhin: Danach war das Kunstwerk sauber.

Der zweite Vorfall, den das Museum Ostwall im Dortmunder U verkraften musste, ereignete sich dann im Dezember 2010. Ein Besucher stolperte damals direkt in den „Lichtgeist", eine Skulptur von Otto Piene. Totalschaden.

Am berühmtesten sind die Vorfälle rund um Joseph Beuys: Eine Säuglingsbadewanne, die als Bestandteil einer Wanderausstellung in das Schloss Morsbroich kam, trug den Vermerk, in ihr sei der Künstler als Baby gebadet worden – was ein unbekannter Frevler mit den Worten ergänzte: „Offenbar zu heiß".

Legendär ist die Beuyssche Fettecke, die eine Putzfrau in der Düsseldorfer Kunstakademie 1986 einfach wegwischte. Das soll das Land 400.000 Euro Schadensersatz gekostet haben.

Pech hatten die Macher der 12. „Documenta" in Kassel im Jahr 2007: ein Unwetter brachte den zwölf Meter hohen Holzturm „Template" von Ai Weiwei zum Einsturz. Ein kleiner Trost: Diesmal war die Natur schuld. Und der chinesische Künstler Ai Weiwei befand, sein Kunstwerk sei dadurch sogar „besser als vorher."

Sprachkunstwerke schafft Ai Weiwei in seinen Twittereinträgen. Da lädt er schon mal zu einer Flusskrebsparty ein. Flusskrebs, auf Chinesisch „he xie" ist eine ironische Anspielung auf das Wort „Harmonie". Das wird auf Chinesisch ebenfalls „he xie" ausgesprochen, aber anders geschrieben. „Harmonie" wiederum ist ein von der politischen Führung gequältes Wort. Die kommunistische Propaganda überzieht das Land seit Jahren in großen Lettern mit der Ankündigung, eine harmonische Gesellschaft zu errichten.

Ich bin harmonisiert worden, schreiben Chinas Aktivisten und Blogger, wenn ihnen wieder einmal eine Äußerung im Internet zensiert oder eine Webseite geschlossen worden ist. Aber sie schreiben es meist mit den Schriftzeichen für Flusskrebs, wörtlich also „Ich bin geflusskrebst worden." Die Einladung Ai Weiweis zu einer Flusskrebsparty, auf der er seinen Freunden tausend Flusskrebse servieren wollte, war eine codierte Botschaft und sollte ein friedlicher Protest werden. Bis sie von Organen der Staatssicherheit aufgefangen wurde. Es folgte ein Verbot. Nur Künstlerpech? [14]

Subversiven Humor mit dem Trend zur Verballhorung Dutzender Schlüsselbegriffe der kommunistischen Propaganda hat Yang Guobin in New York auch in einem Buch über Online-Aktivismus verarbeitet. Regimekritiker nennen sich demnach stolz „Grasschlammpferde", und sie bedrucken zum Beispiel T-Shirts mit dem Fabelwesen. „Caonima" (Grasschlammpferd) ist, mit anderen Schriftzeichen geschrieben, ein sehr unflätiges und zwar auf die Herrschenden gemünztes Schimpfwort.

Künstler fallen gerne aus dem Rahmen. Nicht nur Maler. „Was ist Glück?" lautete der Titel einer Ausstellung von Carsten Höller im Hamburger Bahnhof in Berlin. Im Jahr 2010 konnte man die ganze Ausstellungshalle für eine Nacht buchen. Dort schlief man für 1.000 Euro pro Nacht auf einem Hochbett in 4 Meter Höhe und genoss den Stallgeruch von einem Dutzend Rentieren sowie ein paar Mäusen und Kanarienvögeln ringsumher. Zu den wenigen Installationen des Künstlers gehörten auch ein paar überdimensionale Fliegenpilze. Die Halle war ausgebucht.

Dabei haben Tiere viel mehr zu bieten. Ein akrobatisches Kunststück ist aus „Bremens Tierleben" bekannt: Die „Stadtmusikanten" bilden ein trojanisches Pferd und sprengen einen Ring Organisierter Kriminalität. Aus der polizeilichen Verbrechensbekämpfung ist ein vergleichbar künstlerisches Meisterstück nicht bekannt.

In Zoologischen Gärten müssen seit ein paar Jahren Affen immer öfter malen. Beschäftigungstherapie nennen sie das. Die Ergebnisse können sich sehen lassen. Profis sollen sich schon bei Zoos erkundigen, wie man die Tiere artgerecht hält. Einige Galerien wittern ein gutes Geschäft und denken über eine Zusammenarbeit nach.

Muss sich der Elefant im Zoo schon bald darauf gefasst machen, dass sein Kunsttalent ausgelotet wird? Wenn man erst einmal sein geniales Talent als Graffity-Sprayer erkannt hat. Wird er dann des Wahnsinns fette Beute?

In Cognito I

Eins	Ich möchte immer hoch hinaus Und lasse keinen in mein Haus.
Zwei	Auch muss ich meinen beiden Kindern Kontakt nach Außen streng verhindern.
Drei	Die Beiden bleiben lang zuhaus Mit 80 gehn sie erstmals aus.
Vier	Erzieherisch gut aufgestellt Sind sie wie aus dem Ei gepellt.
Fünf	Ich leb in erster Ehe treu Bei meinem Horst ganz ohne Reu.
Sechs	Für spannende Weite ein Kurier Es brüstet Fußball sich mit mir
Sieben	Abzeichen hab ich jeder Zahl Thailand Ägypten Preußen mal.
Acht	Auch neue Landesväter drängen Mich stolzen König aufzuhängen.
Neun	Jupiter / Zeus Du gibst fein acht Auf mich Maskott' für Sieg und Macht.
Zehn	Es weiß Johann E. Van Gelist Wer sein Ikonen-Symbol ist.
Elf	Ihr Duckmäuser schaut auf zu mir Vor dem Gebieter zittert Ihr.
Zwölf	Mein Blick erspähet jedes Haar Kein Halm entgeht ihm und kein Aar.
	Deine Idee für meine *ID* : . . . .

Who is Hu?

Pressekonferenz mit Hu Jintao in Deutschland

Anlässlich seines Staatsbesuchs 2012 in Berlin stand der damalige chinesische Staatschef Hu Jintao erst zum zweiten Mal auf einer Pressekonferenz in der westlichen Welt deutschen Journalisten Rede und (teilweise) Antwort. Urteilen Sie selbst über die Fortschritte im Dialog und die Einsichten die sich bieten.

Staatschef Hu tritt mit Dolmetscherin und Leibwächter ans Rednerpult.

Journalist *DIE WELT*: In den Randprovinzen des Reichs der Mitte wollen nicht alle Bürger Mandarin lernen. Mehr und mehr Eltern in Europa sorgen derweil freiwilig dafür, dass ihre Kinder schon im Kindergarten Chinesisch lernen, damit sie dabei sind, wenn China in der Weltwirtschaft sagt, wo es langgeht.

Hu: China begrüßt das. Und das ist gut für Ihre Kleinen. Wenn Japan das *Land der aufgehenden Sonne* ist, dann ist China das *Land der aufgehenden Sinne.*

Journalist SZ: Aufgehende Besonnenheit wäre bei der Herstellung von Kinderspielzeug dringend geboten.

Hu: Es lässt sich schwer Einigkeit darüber erzielen, was Besonnenheit ist und was nicht. Die Wahrheit findet man irgendwo in der Mitte. Im Reich der Mitte.

Journalist SZ: Gefährliche Spiele zeugen von einem sonnigen Gemüt. Chinesische Hersteller sind für den Großteil unseres Spielzeugs in Europa verantwortlich sowie für immer größere Mängel bei der Sicherheit und für mehr Unfälle.

Hu: Lassen Sie mich den aufgebrachten Medien mit einem chinesischen Sprichwort antworten: „Wenn das einzige Werkzeug, das du hast, ein Hammer ist, werden bald alle deine Probleme wie Nägel aussehen."

Journalist *SZ: (Einwurf)* Ob das nun den Nagel auf den Kopf trifft, bleibt den Betroffenen überlassen. Schließlich handelt es sich nicht nur für die Eltern geschädigter Kinder um ein Problem, das ihnen unter den Nägeln brennt.

Regie: Hu hat einen Hustenanfall. Daraufhin räuspert sich – unbewusst oder pflichtbewusst – seine Dolmetscherin anhaltend.

Journalist *FAZ*: Es wird oft berichtet, chinesische Firmen kauften deutsche Technologie, um sie auszuschlachten und nachzuahmen. Unter Umgehung von Patentrechten und zum Schaden der deutschen Wirtschaft. Halten Sie es mit Konfuzius? Der sagte einmal: „Nur derjenige ehrt den Meister, der ihn am besten kopiert."

Hu: Oh, wir sind stolz auf die Zusammenarbeit mit Ländern wie Deutschland. Wir haben viel Respekt. Es kann schon mal vorkommen, dass ausländische Technologie von unseren Forschern verbessert und weiterentwickelt wird. So können alle Beteiligten von einander lernen. Das kann hier und da zu einer neuen Arbeitsteilung in der Weltwirtschaft führen.

Journalist *Handelsblatt*: Das ist eine ganz besondere Form der Arbeitsteilung. Bei Sonnenpaneelen bedeutet das, dass sie wegen der chinesischen Dumpingpreise in China hergestellt und in Deutschland nur noch gekauft werden. Gestatten Sie eine andere Frage: Wird China aufwerten und wenn ja, wann wird China aufwerten?

Hu: Die Beziehungen unserer beiden Länder kann man nicht hoch genug bewerten!

Journalist *Handelsblatt*: Unsere Beziehungen, ja, ja. Und was ist mit einer Aufwertung des Yuan?

Hu: Die Währung der Volksrepublik ist noch im Aufbau. Sie befindet sich in einer beschwerlichen Phase. Bei uns sagt man: „Die Wissenden reden nicht viel, die Redenden wissen nicht viel." Unsere ausländischen Freunde sollten sich mit Ratschlägen zurückhalten.

Reporter *Der Spiegel:* Ja, mit „Radschlägen" schon. Damit kennen sich chinesische Turner besser aus. Aber Ihr Land kommt immer wieder in die

Schlagzeilen wegen der Menschenrechtsfrage. Auf der Pressekonferenz im Januar 2011 in Washington sind Sie dieser Frage explizit ausgewichen.

Hu: China steht seit jeher an der Spitze der Arbeiterbewegung und verteidigt deren Rechte. Menschenrechtsfragen dürfen durchaus gestellt werden. Fragen dürfen aber nicht zu einem bösen Verhör führen. Denn das berührt *mein* Menschenrecht.

Reporterin TAZ: Arbeitstage von 12 Stunden bei einer Sechstagewoche und das ohne Urlaub gehören in China zu den besseren Arbeitsbedingungen. Darf man auf eine menschliche Entwicklung bei den Arbeitnehmerrechten hoffen?

Hu: Gut, dass Sie die Frage stellen. Die tägliche Höchstarbeitszeit wurde erst neulich per Regierungsdekret um 60 Minuten wöchentlich herabgesetzt. Auf einen Schlag! Und diese Entwicklung ist noch nicht am Ende angelangt.

Reporterin (Chinesin ohne Namensschild): Eine solche Verbesserung gilt nur in China als Quantensprung. Ein altes Sprichwort lautet: „Der Mensch kann nur Mensch sein durch den Anderen." Immer mehr Menschen nicht nur im Westen haben den Eindruck, unsere Parteidisziplin hält es mit dem alten römischen Sprichwort „Der Mensch ist dem Menschen ein Wolf." Der Parteislogan für eine „harmonische Gesellschaft" springt dem Passanten in Shanghai und Peking von Fassaden und Plakaten ins Auge. Solche Worthülsen können nicht über die krassen sozialen Unterschiede hinwegtäuschen. Und nicht über die Willkür vieler Funktionäre.

Hu: Die westliche Welt hat ein vorgefertigtes Meinungsbild und lässt mitunter den gegenseitigen Respekt vermissen. Agitatoren wie Sie wollen den Mond aus dem Wasser fischen. Unsere Berichterstattung wird immer breiter. Wir haben mit *China Daily* sogar eine stattliche englischsprachige Tageszeitung in China, Frau ... ?

Reporterin (Chinesin ohne Namensschild): Mehr staatlich als stattlich. Vom chinesischen Staat herausgegeben! Außerdem würde es wohl nicht in das amtliche Staatsbild passen, wenn man in dem Blatt berichtete, wie Katholiken und Protestanten drangsaliert und inhaftiert werden. Von den blutigen Niederschlagungen der Uiguren und Tibeter ganz zu schweigen.

Hu: Wissen Sie, in westlichen Medien ist viel von Minderheitenschutz die Rede. Was bitte ist mit unserem Recht und unserer Pflicht, die Mehrheit vor Kriminellen zu schützen? Wir bekämpfen Terror gegen die staatliche Einheit. Nichts anderes geschieht im Baskenland und in Nordirland. Doch weiter zu unserer Zeitung, Frau mh ... . Mit einer Auflage von 300.000 stößt *China Daily* auf großes Interesse im Ausland. Sie sehen: China öffnet sich. China geht auf den Westen zu.

Reporter ohne Grenzen: Der Bürgerrechtler und Friedensnobelpreisträger Liu Xiaobo wurde vor der Entgegennahme des Preises zu elf Jahren Haft verurteilt. Der bekannte Menschenrechtsanwalt Gao Zhisheng und Hunderte andere Menschen sind seit Jahren verschollen. Der Künstler Ei Weiwei wird an unbekanntem Ort festgehalten. Wird man das „Land des Lächelns" bald in „Tal der Tränen" umbenennen müssen?

Hu: Das ist keine Frage, sondern eine Erklärung und sprengt deutlich den Rahmen einer Pressekonferenz. Unter menschenrechtlichen Gesichtspunkten werden Sie gewiss Verständnis dafür aufbringen, dass mein Dolmetscher als Arbeitnehmer nach einer Stunde Anspruch auf eine anständige Pause hat.

Brüskiert und wild gestikulierend verlässt Hu Jintao mit seinem Leibwächter und mit seiner Dolmetscherin überstürzt die Konferenzbühne durch eine Hintertüre.

In Cognito II

Eins	Das Wandern ist des Müllers Lust, bei Andern triebhaft gegen Frust.
Zwei	Ich selbst geh mit Familie aus und bin so gut wie nie zu Haus.
Drei	Das Tanzen ist zwar nicht mein Ding, in Steppen aber bin ich *King*.
Vier	Ich lebe gern auf großem Fuß, den Schuhgeschäften sehr zum Gruß.
Fünf	Anstatt von Alkohol ein Gläschen nehm ich des Wassers gern ein Näschen.
Sechs	Vom Trommelfell her feine Ohren, spiel Blasmusik wie angeboren.
Sieben	Bad gern im Nass, schwimm nicht sehr schnell, vor Fremdenhass schützt dickes Fell.
Acht	Im Porzellanshop werd ich nur stets rausgeschickt – Karikatur.
Neun	Fast niemand zwingt mich in die Knie; Beleidigung vergess ich nie.
Zehn	Als Gast lädt man mich ungern ein, es macht betrübt Gourmand zu sein.
Elf	Vom -Bein her auch nicht unverwandt, birgt mehr Details die Elfen-Hand.

Deine Idee für meine *ID* : . . . .

Image-Coaching im Kanzleramt

Reputations-Retuschen für Rüpel-RoPo & Co.

Der Politikberater und Coach Meinhard von Steiß kommt im Herbst 2011 wiederholt zu einem Beratungsgespräch zu CDU-Kanzleramtsminister Ronald Pofalla (RoPo) ins Bundeskanzleramt.

RoPo: *(leicht näselnd)* Gut, dass Sie da sind. Die Umfragewerte für die Union rutschen weiter in den Keller. Die FDP ist sowieso aus dem Rennen mit 3 Prozent. Hat die Politikberatung noch irgendetwas in der Trickkiste?

Von Steiß: *(lacht auf)* Wie wäre es mit überzeugender Politik?

RoPo: *(säuerlich)* Darüber haben Sie letztes Mal ja schon ... Ich kann den Käse nicht mehr hören. Mehr Kohärenz, bessere Ressortabstimmung, ein Bekenntnis zu Europa ohne Wagemut ...

Von Steiß: Ohne Wankelmut!

RoPo: Ja, in der Richtung. Sage ich doch ...

Von Steiß: ... und eine Kanzlerin, die mit ihrer Richtlinienkompetenz endlich Ernst macht. Ihr jüngstes Machtwort zur Bundeswehrreform lautete: „Es geht darum, dass wir dieses jetzt Realität werden lassen." Und es hörte sich an wie ein Nachtwort.

RoPo: Wann hören Sie damit auf, an der Kanzlerin herumzumerkeln? Jeder Depp muss an ihr herumnörgeln. Nehmen Sie die Kanzlerin wie sie ist. Sonst können Sie auch gleich eine neue Frisur einfordern!

Von Steiß: Eine ausgezeichnete Idee! Sprechen Sie das einmal bei ihr an.

RoPo: Was fällt Ihnen ein! Ich bin doch kein Prolet. Dafür sind Sie da!

Von Steiß: Nein, Herr Pofalla, für kosmetische Feinheiten bin ich nicht zuständig. Dafür gibt es schließlich Friseure. Und für größere Korrekturen gibt es Fachmediziner.

RoPo: Paperlapapp! Wie sehen nun Ihre Ratschläge an die CDU aus? Eineinhalb Jahre vor den Wahlen 2013, Herr von Steiß.

Von Steiß: Die Union muss, wie andere Parteien auch, bürgerfreundlicher kommunizieren. Schwammige Ausdrücke wie „diese Dinge" sind zu vermeiden. Die grammatisch falsche Verwendung von „dieses" anstatt „dies" ist leider nicht auszurotten und gilt sprachlich sogar als schick. Und gerade dann, wenn Politiker Ausdrücke wie „wirklich" und „konkret" gebrauchen, werden sie unehrlich und abstrakt. Bei leeren Worthülsen und beim Technokratendeutsch gehen beim Wähler alle Lampen an. Er weiß ganz genau, dass ausgeklügelte Formulierungen zur Verschleierungs- und Beschönigungstaktik der Politiker gehören.

Merkel: *(BK'in Merkel kommt hereingestürzt.)* Ich konnte nicht früher, meine Herren! Musste noch zum Friseur. Wegen der bevorstehenden deutsch-französischen Konsultationen.

Von Steiß: Guten Tag, Frau Bundeskanzlerin, Sie sehen prächtig aus!

Merkel: Hm, danke. Stellen Sie sich vor. Hat mir meine Stylistin doch Bilder mit neuen Frisuren ans Herz gelegt. Ob ich nicht mal was Neues probieren wollte. Nein, habe ich gesagt. Kommt nicht in Frage. Sonst lassen sie mich am Ende nicht mehr ins Kanzleramt rein. Weil man mich nicht erkennt. Oder, Ronald?

RoPo: Das wäre ja noch schöner, Angela. Mit Deiner Frisur sind wir schon zwei Mal Kanzler geworden. Die ist goldrichtig. Wir sind doch nicht Modekanzler.

Merkel: Also, wie weit seid Ihr? Wo seht Ihr Anhaltspunkte zur besseren Darstellung der Union und unserer Regierungsarbeit?

Von Steiß: Gemeinsam mit Westerwelle oder Rösler sollten Sie sich besser nicht mehr den Fotografen stellen. Sie geraten in den Sog des Allzeit-Stimmungstiefs der FDP.

Merkel: Ja, wenn ich da an die Große Koalition denke! Mit dem SPD-Münte als Vizekanzler an meiner Seite lief das Regierungsbündnis wie geschmiert ... Aber dann musste er sich dieser jungen Tussi an den Hals werfen und der Politik den Rücken zukehren.

Von Steiß: Nachdem er seine todkranke Frau monatelang gepflegt hatte.

RoPo: ... und damit mächtig gepunktet hat.

Merkel: Was soll das denn heißen?! Soll ich vielleicht meinen Mann vor die S-Bahn schubsen, um anschließend ein halbes Jahr Pflegeurlaub zu nehmen? Ronald, dann bist aber Du an der Reihe mit der Organspende-Nummer von Steinmeier!

RoPo: Nein, nein. So war das nicht gemeint.

Von Steiß: Desweiteren ist es Gift für die Wählerstimmung, dass Dutzende deutscher Soldaten bei der NATO beim *targeting* für Bomberflüge auf Libyen mitgemischt haben, obwohl Deutschland sich offiziell nicht am Kampfeinsatz beteiligt. Zementiert durch seine Stimmenthaltung im UN-Sicherheitsrat.

RoPo: Das mit dem *targeting* hat doch dieser Stroebele von den Grünen wieder herausposaunt. Wer konnte damit rechnen, dass uns jemand auf die Schliche kommt?

Merkel: Wie einfältig, Ronald! Beruft Euch nicht auf mich. Ich war darüber lieber nicht im Bilde.

RoPo: Unser damaliger Verteidiger Guttenberg hat die Vorgehensweise stickum abgesegnet.

Merkel: Ja, ja. Du kannst von Glück sagen, dass Gutti die gesamte Berlin-Connection abgebrochen hat und in Connecticut, USA, weilt.

Von Steiß: Die FDP scheiterte dieses Jahr bei immerhin 4 Landtagswahlen an der 5-Prozent-Hürde. Die Union wird im Bund einen neuen Koalitionspartner brauchen. Sie sollte tunlichst nach allen Seiten gute Kontakte pflegen und Kompromissfähigkeit ausstrahlen. Die Grünen könnten im Bund beim nächsten Male die 20-Prozent-Marke knacken. Zumal der Papst in seiner Rede vor dem Deutschen Bundestag erst kürzlich den Grünen als Teil der Ökologiebewegung seine Anerkennung für das Engagement zur Wahrung der Schöpfung zollte ...

RoPo: ... und die Grünen-Protestantin Göring-Eckardt faltete im Plenum zur Papstrede so demonstrativ andächtig die Hände vor dem Papst, nur um uns Christdemokraten einen weiteren Prozentpunkt abzuluchsen. Nun haben die auch noch die höchsten Weihen des Papstes. Nicht mal auf die Kirche ist noch Verlass. Unser ältester Koalitionär.

Von Steiß: Und die SPD will keine Große Koalition mehr als Junior-Partner.

RoPo: ... nun ja, es sei denn ... die Grünen würden für die Sozis untragbar. Was wir bräuchten, wäre eine kleine aber feine Schmutz... oder eigentlich Schutzkampagne gegen die Grünen. Dieses Sammelbecken aus romantischen Tierliebhabern, Altpazifisten, Gastarbeitern und Homosexuellen. Sie haben doch gute Verbindungen zur Springer-Presse, Herr von Steiß ... !?

Merkel: Man sagt Menschen mit Migrationshintergrund, Ropo! Und Menschen mit frei gewählter sexueller Orientier...

RoPo: Aber das klingt zu niedlich.

Merkel: Also, Du bist und bleibst ein Polit-Rowdy.

RoPo: Wir könnten wenigstens diskrete Nachforschungen durch das Personal des Bundestagskindergartens anstellen lassen. Irgendein skandalreifes Früchtchen wird man ihnen schon anhängen können: den Künasts, Roths, Trittins und all den Özdemirs ...

Merkel: Na, dann seht mal zu, dass Ihr mich da schön heraushaltet, aus Euren Kindergartenspielchen. Und sorgt mir für unsere Bundestagsmehrheit zur Aufstockung des Euro-Rettungsschirms für Griechenland.

Von Steiß: Die Finanzspritzen bedeuten, Eulen nach Athen zu tragen. Sollte das schiefgehen nächste Woche, benötigt jeder von Ihnen seinen eigenen Rettungsschirm. Wegen der Absturzgefahr der Regierung.

RoPo: Genau! Deshalb habe ich langsam die Schnauze voll von so Abtrünnigen wie Bosbach mit seinem bescheuerten Gewissen.

Von Steiß: Die anhaltenden Pressemeldungen, sie seien hässlich ausfallend geworden gegenüber Ihrem schwer kranken Kollegen Bosbach sind schädlich für das Regierungsbarometer.

RoPo: Ach, hören Sie mir doch mit dem Bosbach auf. Das ist erfunden. So etwas würde mir nie über die Lippen kommen.

Von Steiß: Nun, um auf das Erscheinungsbild der Regierung zurückzukommen ... Sie sind gut beraten, Ihrem engsten Umfeld ein gepflegtes Äußeres zu verordnen, nicht nur sprachlich.

Merkel: *(Streicht sich übers Haar. Hebt es dann von unten mit der Innenhand an, wie um das Volumen zu steigern.)* Was soll das denn jetzt wieder heißen?!

Von Steiß: Nun, wie soll ich das sagen ...?

Merkel: Raus mit der Sprache, Herr von Steiß!

Von Steiß: Also gut. Nehmen wir die Zahnlücken von Ihrem guten Peter Altmaier. Die allein könnten der Union bei den nächsten Wahlen leicht 0,1 Prozent kosten. Es sei denn, man hält ihn von der Teilnahme an Talkshows ab.

Merkel: Und das ist alles?

Von Steiß: Dann wäre da noch Frau von der Leyen mit krummen und gelblichen Zähnen. Gewiss unverschuldet. Von Vater Albrecht vererbt. Aber ausgerechnet als die Gesundheitsministerin! Das wird die Union mindestens 0,2 Prozentpunkte kosten.

Merkel: RoPo, setz das auf meinen Spiekzettel für die Einzelgespräche am Rande der Kabinettssitzung. Ist das alles?

Von Steiß: Um ehrlich zu sein, vor dem Stimmungstief bewahren können die Union nur ein paar ganz markante Persönlichkeiten im Wahlteam.

Merkel: Was haben Sie da wieder ausgefuchst?!

Von Steiß: Wie wäre es mit Alice Schwarzer als Frauenministerin? Sie hegt immerhin Sympathien für die Kanzlerin.

RoPo: Vom Stoßtrupp der Frauenfront! Um das Frauenministerium zu privatisieren? Duch einen Umbau zum Tante-Emma-Laden!

Merkel: Ropo, Du Politrowdy! Ich finde, das ist gar keine schlechte Idee!

Von Steiß: Auch mit einem eigenen Sportminister, wie in Russland, ließe sich punkten.

RoPo: Hört sich gut an. Mit Publikumslieblingen wie Becker, Schumi oder Matthäus als Sportminister. Podolski wäre sogar als Staatssekretär zu jung.

Von Steiß: Der bräuchte eine jahrzehntelange Umschulung. Für solche Billigjobs sind diese Jungs sowieso nicht zu haben. Dann sollte man schon eher den Bergsteiger Heiner Geisler reaktivieren. Aber den besser als Verkehrsminister.

RoPo: Oder als Minister für Seniliorenfragen.

Merkel: Darüber müssen wir ein anderes Mal sprechen. Eine wichtige Beratungsfigur als Visionär bleibt Altmaier für mich. Er ist weltoffen, kann es aber auch mit den Seehofer-Bayern. Auf die Grünen geht er fast kumpelhaft zu.

RoPo: Kunststück! Das Kumpelhafte wurde ihm in die Wiege gelegt. Sein Vater war Kumpel in einem Saar-Bergwerk.

Merkel: RoPo, manchmal bist Du ein richtiger Polit-Rüpel! Als Mann fürs Grobe warst Du schon immer detailgenau.

RoPo: *(Stellt den Ton des Fernsehers lauter, der eine Weile im Hintergrund lief.)* Schau her! Sie zeigen Deine Pressekonferenz von heute Nachmittag, Angela!

Merkel: *(TV-Aufzeichnung einer Rede)* „Zu dem sogenannten Prekariat und dem angeblichen Sozialabbau sagen wir dieses in aller Deutlichkeit: Die mittelfristige Finanzplanung der Jobcenter muss überschaubar sein. Erst so kommen Stabilität und Verlässlichkeit in diese Dinge hinein. Mit echten Chancen auf Synergie-Effekte. Wir werden über eine wirklich zielgerichtete Arbeitsmarktoffensive bald sehr intensiv sprechen müssen, um konkrete Strukturänderungen herbeizuführen. Haushaltsseitig ist dem Austarieren von Lücken eine oberste Priorität zu schenken, um so für eine nachhaltige Arbeitsmarktpolitik neue Ansätze zu verstetigen. Wir sind für einen Einstieg in eine schmerzhafte Exit-Strategie. Dazu sind wir bereit, mit den Arbeitslosen einen Weg zu gehen, der für diese nicht leicht sein wird. Nur so gibt es Gestalten der Zukunft."

Merkel: Na, wie bin ich rübergekommen?

RoPo: Das war wieder große Klasse, Angela!

Merkel: Nein, ich meine in echt.

RoPo: Ich finde, das war gemein verständlich und sozial abgewogen. Soviel Ehrlichkeit muss man dem Bürger noch zumuten dürfen.

Von Steiß: Tja, also wenn Sie mich fragen: Wir können gerne unsere hohe Kultur der politischen Kommunikation an diesem Beispiel beleuchten. Ich hätte da mit Verlaub ein paar winzige Kleinigkeiten zu der Rede anzumerkeln. Verzeihung! Anzumerken.

Merkel: Nun, wenn es um so kleine Details geht, dann bin ich hier wohl abkömmlich. Ich werde erwartet. *(Sie eilt aus dem Besprechungsraum.)*

RoPo: In einer Stunde muss sie den gewitzten und durchgeschwitzten Nicolas Narkozy auf dem Flughafen Tegel begrüßen.

Von Steiß: Kommt Fraktionschef Volker Kauder diesmal eigentlich nicht? Und was ist mit CDU-Generalsekretär Gröhe?

RoPo: *(richtet sich im Stuhl auf)* Volker Kauder ist verhindert. Den Gröhe können wir hier nicht gebrauchen. Ich war doch selber lange genug der Generalsekretär in unserer Partei. Unser Gröhe ist sowieso mehr Sekretär als General.

Von Steiß: Verglichen mit Ihnen ist er ein scheues Reh. Eine erfolgreiche Wahlkampagne setzt starke Rudelführer voraus.

RoPo: Zunächst setzen wir auf Merkel als unser Trojanisches Pferd. Ganz gleich mit welcher Frisur, oder Figur. Mit ihr haben wir das Zeug, wieder Kanzler zu werden. Natürlich werden wir ein paar Brocken sozialer Gerechtigkeit als Köder auswerfen. Um SPD-Kernpositionen zu erbeuten, mein Lieber!

Von Steiß: Wo wollen Sie denn nun in der Partei den Reformhebel ansetzen, um das Ruder herzumzureißen?

RoPo: Zu unserem Beuteschema gehören die 30 Prozent Nichtwähler. Wenn wir nur die Hälfte davon für uns gewinnen könnten ...

Von Steiß: Die scheinen sich eher für die neue Piratenpartei zu interessieren.

RoPo: Diese verdammten Hunde haben uns gerade noch gefehlt. Wir sind noch nicht mit den Piraten am Horn von Afrika fertig. Und schon rütteln welche an der Haustür unserer Parlamente. Man müsste den Verfassungsschutz auf sie ansetzen.

Von Steiß: Etwas dewegen, weil die Cannabis und die Internetdaten völlig freigeben wollen?

RoPo: Die Frage, die Sie stellen, ist nur eine gestellte Frage! Rhetorisch sozusagen. Das sind doch allesamt Politik-unerfahrene Computerfreaks. Ein seltsamer, exklusiver Männerverein.

Von Steiß: Der Frauenanteil in der Unionsfraktion liegt gerade über 20 Prozent. Noch einmal andersherum: Wie wollen Sie auf die Wähler zugehen?

RoPo: Wir haben uns schon den Atomausstieg abgerungen. Bleibt als Köder noch eine Annäherung an den Mindestlohn und eine symbolhafte Steuersenkung für Inhaber mittlerer und kleiner Einkommen. Kurz vor der Wahl.

Von Steiß: Trotz der Rekordverschuldung? Der Steuerzahler kann sich doch an 5 Fingern ausrechnen, dass er das zum Beispiel mit einer Mehrwertsteueranhebung wieder drauflegen muss.

RoPo: Egal, die spitze Abrechnung kommt erst nach den Wahlen ... Ach! Man muss vor allem auch mal dieses sagen dürfen ...

Von Steiß: Bitte sagen Sie nicht *dieses* ...!

RoPo: ... Ich sage was ich will ...

Von Steiß: Es heißt aber *dies*.

RoPo: Ja, dieses meine ich doch. Also, meinetwegen lassen Sie mich Ihnen *das* sagen: Es gibt kaum Einen, der so wählerisch ist wie das deutsche Wahlvolk. Was wir als große Volkspartei nicht alles unter einen Hut bringen müssen! Konservativ dürfen wir zwar noch sein, gleichzeitig sollen wir aber fortschrittlich dastehen. Was die Politik- und Parteien-verdrossenheit angeht, so wird das Wahlvolk aus Sicht der Politiker immer unberechenbarer und geradezu hinterlistig.

Von Steiß: Und das führt zu einer Wählerverdrossenheit unter Politikern.

RoPo: Genau! Sie haben es kapiert. Auch die Union würde sich manchmal lieber ein anderes Wahlvolk wünschen. Das Irische etwa. Manchmal das Spanische ...

Von Steiß: Das ist einleuchtend. Wie wäre es mit dem Vatikanischen! Soll der Wähler gefälligst nicht so wählerisch mit den Politikern umspringen und gehörigst aufpassen, dass der Bundestag nicht eines Tages das Weite sucht. Der Bundestag könnte zur Abstrafung der Wähler seine Sachen packen und – vielleicht mitsamt Glaskuppel – auswandern. Das wäre einfach nur parlamentarische Reisefreiheit.

RoPo: Machen Sie sich jetzt etwa lustig über mich? Hören Sie bloß auf mit dem Scheiß! Ich kann Ihre Fresse schon lange nicht mehr sehen.

Schräge Vögel

Die *Fette Henne* bleich und aus Stahl
Hängt tief verträumt im Reichstagssaal.
Der komische Vogel fragt im Traum des Gerechten
Ham die 'nen Vogel? Ich mein keinen Echten!

Täglich jagt die Presse-Meute
Schräge Vögel und große Fische als Beute.
Krieg ich Dich heut nicht, knips ich morgen
Um blöden Schnepfen den Kick zu besorgen.

Die Spassvögel suchen ihren Kick
Bei Streithähnen aus der Politik.
Beim Affentheater der Elefantenrunde
Wird Politzirkus zur Gespensterstunde.

Auch Vogel und Strauß krakehlten einst da
Wie ihnen der Schnabel gewachsen war.
Nur Herbert der Wehner setzte eins drauf
Schräge Vögel gab es schon immer zuhauf.

Wenn ein Minister mit fremder Feder sich schmückt

Ist sein geistiges Eigentum ver-rückt.

Doktor Guttenberg und Frau Doktor Schavan

Schießen den Vogel ab. Mein lieber Schwan!

Eine Krähe pickt der andern kein Auge aus

Dafür hacken sie rum auf der grauen Maus.

Es fehlt nur, dass schwarze Rabenkrähen

Erfolgreich braunes Saatgut säen.

Der Maulwurf vom Dienst mit all seinen Wanzen

Auch rechtsseitig blind, lässt die Puppen tanzen.

Dieser Maulwurf erzählt uns gern was vom Pferd

Wie die Terror-Mordserie der Braunen Brut uns lehrt.

Die *Fette Henne* aus krupp'schem Stahl

Im Reichstagssaal hat keine Wahl.

Der komische Vogel träumt den Traum des Gerechten

Die ham 'nen Vogel. Nur keinen Echten!

Der Radioactivita Oxydae

MODERATORIN: Meine Damen und Herren. Für Naturfreunde kommt unser folgender Beitrag einer Sensation gleich. Bislang streng geheime Untersuchungen wurden zum Teil endlich auch für die Öffentlichkeit freigegeben. Ein Team aus Wissenschaftlern unter Leitung des renommierten Tierbiologen Professor Nuklius sind vor Jahren auf eine neue Spezies gestoßen. Wir freuen uns, dass es uns gelungen ist, diesen hochrangigen Experten der wissenschaftlichen Forschung hier bei uns im Studio begrüßen zu dürfen. Guten Tag, Herr Prof. Nuklius! Würden Sie den gespannten Zuschauern Ihre Entdeckung erklären?

Prof. NUKLIUS: Gerne. Auf Grund generativer Mutationen im Wandel der zwingenden Umweltbedingungen in unserer Menschheitsepoche, die von manchen als das „schmutzige Zeitalter" bezeichnet wird, hat sich eine neue Tierart entwickelt. Durch fortwährende Mutationen und ständige Anpassung hat sie es geschafft zu überleben und sich zu verbreiten.

MODERATORIN: Hat das Tier schon einen Namen?

Prof. NUKLIUS: Wir haben ihn Radioactivita Oxydae getauft.

MODERATORIN: Was ist denn das Besondere an der Entdeckung?

Prof. NUKLIUS: Dieses Tierchen hat es trotz widrigster Lebensumstände zum Glück geschafft zu überleben.

MODERATORIN: Wie und wo sind Sie denn fündig geworden?

Prof. NUKLIUS: Sein Vorkommen ist besonders zahlreich in den Orten um Brokdorf, Brunsbüttel, Biblis, Grohnde, Grundremmingen, Neckarwestheim, Philipsburg und ...

MODERATORIN: Diese Orte kommen mir alle irgendwie bekannt vor.

Prof. NUKLIUS: Ja, ja. Das sind alles Standorte von Atomkraftwerken, die zum Teil leider nicht mehr in Betrieb sind. Zu solchen Standorten kommen zum Glück noch wilde Mülldeponien, die unserem kleinen Freund als Lebensraum dienen.

MODERATORIN: Ja, müsste da eigentlich nicht der Katastrophenschutz irgendwie ...?

Prof. NUKLIUS: Der was? Ich darf doch bitten! Hier ist der Artenschutz gefragt. Die Rückzugsgebiete des wehrlosen Tierchens müssen gesichert werden. Wir fordern dringend eine nationale Konferenz und öffentliche Mittel für den Bestandsschutz.

MODERATORIN: Leider sind die optischen Aufnahmen vom Umweltministerium bislang nicht für die Öffentlichkeit freigegeben worden. Es soll erhebliche Missbildungen geben. Stimmt das? Will man die Bürger schonen, Herr Professor?

Prof. NUKLIUS: Nun, der Minister hat uns gebeten, das zurückzuhalten. Man will keine Pferde scheu machen.

MODERATORIN: Wo hält sich denn dieser Radioactivita Oxydae auf?

Prof. NUKLIUS: Also, hier schauen Sie! Auf diesem Bild sehen Sie sein Lebensumfeld. Irgendwo zwischen dem Gerümpel aus Kartons, Flaschen, Hausabfall und Bauschutt mit Giftstoffen hat es sich unser kleiner Freund gemütlich gemacht. Bei unseren Beobachtungen ist äußerste Ruhe geboten. Denn er ist leider außerordentlich scheu.

MODERATORIN: Verstehe. Und was haben Sie uns auf dem Tonträger da mitgebracht?

Prof. NUKLIUS: Moment mal ... Hören Sie? Da ist sein Gezirpe. Das ist er. Ziemlich leise. Klingt etwas heiser. Aufregend, nicht wahr?

MODERATORIN: Ja, ja, irgendwie schon.

Prof. NUKLIUS: Und hier in dem Beutelchen die kleinen dunklen Stippchen. Das ist eine Stuhlprobe. Das ist sein ureigener Kot. Ist das nicht faszinierend?!

MODERATORIN: Naja, wie man es nimmt ... Hm, Sie sprechen von Gezirpe. Verstehe ich richtig, dass es sich um eine Art Atomvogel handelt?

Prof. NUKLIUS: Falsch. Ganz falsch. Ob Gezirpe oder Gewimmer, unerheblich. Unseren kleinen Freund hat die Not erfinderisch gemacht.

Anpassungsfähigkeit ist die Devise der Natur. Er nimmt unterschiedliche Gestalt an. Durch sein wechselhaftes Paarungsverhalten. Mal ähnelt er einer ganz kleinen Taube, fast ohne Federn, und mit zu kurzen Flügelchen. Ein anderes Mal hat er etwas mehr von einer Vogelspinne. Es gibt auch Exemplare, die deutliche Ansätze einer Kakerlake zeigen und sich nur in alten Schuppen und Gartenhäusern wohlfühlen.

MODERATORIN: Und was ist mit Häusern und Garagen ...?

Prof. NUKLIUS: In Schränken von Wohnungen und Büros haben wir den Kleinen selten nachgewiesen. Wir stehen ja noch am Anfang der Forschung. Und seine täuschende Ähnlichkeit mit anderen Tierarten erschwert unsere Arbeit.

MODERATORIN: Ja, aber. Kann der äh, der Radioactivita denn nun fliegen oder nicht?

Prof. NUKLIUS: Das hängt davon ab. Wenn Sie richtig zugehört haben ... Er kommt mancherorts in Gestalt einer zerzausten Minitaube vor. Sie kann kaum zwei Meter hoch fliegen und stürzt immer ab. Dann liegt sie erst mal auf dem Rücken.

MODERATORIN: Kommt der Radioactivita auch in anderen Ländern vor?

Prof. NUKLIUS: Darüber wird natürlich in Frankreich und Großbritannien nicht gerne gesprochen und wir sind gehalten ...

MODERATORIN: Er hat also etwas von Spinne, Käfer und Vogel. Ist die ganze Sache nicht beunruhigend für die Bevölkerung?

Prof. NUKLIUS: Keineswegs. Das possierliche Kerlchen mit - meistens - zwei Augen und ungefähr zwei Beinen ist eine große Bereicherung der Artenvielfalt. Wo jährlich Hunderte von Tierarten aussterben. Hier haben wir endlich mal was Neues.

MODERATORIN: Aber diese schrecklichen Missbildungen ...

Prof. NUKLIUS: Die haben auch Hohe Tiere. In jeder Fachrichtung. Der Mensch trägt die volle Verantwortung für seine Schöpfung. Und ihr Wohlergehen.

MODERATORIN: Sind die Tiere denn nicht giftig?

Prof. NUKLIUS: Hochgradig. Aber Sie brauchen sie ja nicht anzufassen!

MODERATORIN: Wenn man aber einmal. Zum Beispiel zuhause ...

Prof. NUKLIUS: Kein Problem. Dafür sind wir ja da.

MODERATORIN: Und was können wir dagegen tun?

Prof. NUKLIUS: Dagegen?

MODERATORIN: Ich meine, wie stellen Sie sich eigentlich die weitere Entwicklung vor?

Prof. NUKLIUS: Wir müssen nun vorrangig die letzten Zufluchtsräume sichern.

MODERATORIN: Meinen Sie damit jetzt die Kernkraftwerke ...?

Prof. NUKLIUS: Ganz richtig. Aber nicht nur die. Wir müssen auch unsere wilden Mülldeponien schützen und ausbauen.

MODERATORIN: Sagen Sie ausbauen? Es gibt aber keinen konreten Aktionsplan, oder?

Prof. NUKLIUS: Es bleibt nicht viel Zeit zum Handeln bis zur Umsetzung des Erneuerbare Energiengesetzes. Das bedroht nämlich gewaltig seinen Lebensraum. Wir fordern einen Sofortplan und die Bereitstellung der notwendigen Haushaltsmittel. Wir stehen in Kontakt mit den politischen Entscheidungsträgern und werden den Druck auf die Abgeordneten erhöhen.

MODERATORIN: Und wer finanzierte Ihre Arbeit bisher?

Prof. NUKLIUS: Dankenswerterweise gibt es großzügige Spender.

MODERATORIN: Aus der Wirtschaft, wird gemunkelt. Ich weiß nicht, ob ich mich da jetzt richtig ... Also, wir haben noch nicht über die Gefahren gesprochen, zum Beispiel durch Strahlung.

Prof. NUKLIUS: Ganz genau. Das ist ein Forschungsgebiet meiner Kollegen anderer Fachrichtungen. Selbstverständlich muss man das Tier vor sich selbst schützen und notfalls medizinisch helfen. Ich denke da an Impfungen.

MODERATORIN: Ist das alles?

Prof. NUKLIUS: Auf lange Sicht lautet ja unser Kernziel, hm Fernziel, die menschliche Resistenz gegen Umweltverschmutzungen wie Giftstoffe und Strahlungen jeder Art. Faktisch ist es doch heute so: Wenn wir den einen Gefahrenstoff im Griff haben, drängt uns ein Neuer an den Rand der Existenz. Der Radioactivita Oxydae hat das Zeug, uns neue Wege aufzuzeigen. Ich sehe da großes Forschungspotential zur Zukunftssicherung für die Menschheit.

MODERATORIN: Sie meinen, die Menschen als strahlende Gewinner ... Herr Professor, was ist Ihre Antriebsfeder für den unermüdlichen Einsatz?

Prof. NUKLIUS: Im Kern ist es wichtig, dass wir Menschen die Chance zu unserer eigenen Rettung erkennen und beim Schopfe packen! Wir alle haben viel zu lernen von dieser Spezies. Zum Beispiel die Anpassungsfähigkeit an schlechte Umweltbedingungen. Dank einer bedingungslosen Fortpflanzungsbereitschaft, auch mit anderen Arten, zur Sicherung unseres Fortbestands und der Arterhaltung. Dafür sollten wir auch mittelgradige Mutationen wohlwollend in Kauf nehmen.

MODERATORIN: Ja, hm ... Sie finden, es bleibt uns nichts anderes übrig als dazu auch noch zu gratulieren ..?

Prof. NUKLIUS: Schauen Sie, wir Menschen tragen Verantwortung für die übrige Schöpfung.

MODERATORIN: Gewiss, das schon ...

Prof. NUKLIUS: Erst recht für die Kreaturen, die von Menschen Hand geschaffen sind!

MODERATORIN: Danke für die schonungslose Aufklärung, Professor!

Prof. NUKLIUS: Immer gerne.

Jedem Tierchen sein Pläsierchen

Den Förster fast zu Tode erschreckt,
was er vom Hochsitz aus entdeckt.
Dort auf der Lichtung – ungeheuer –
sind hohe Tiere hinterm Steuer:

Freddy Frosch und seine forsche
Freundin im Carrera–Porsche.
Charly Schildkröt, Igel Lothar
bei Charline im Toyota.

Funker Theo Eichelhäher
kommt in einer Ente näher.
Post-Rat Friedhelm Siebenschläfer
schiebt statt Fahrrad einen Käfer.

Heinrich Hirsch ganz steif im Ford,
glaubt, der adelt ihn zum Lord.
Mit Hydraulik im Citroën
findet Miekesch Liebe schön.

Meister Petz fährt, welch ein Lenz,
einen Automatik-Benz.
Walter Wolf, der alte Raudi,
Zähne fletscht im Unfallaudi.

Nordlicht Elch bricht einen Stab
für das Cabriolet von Saab.
Kein Problem, kommt von weit her
im Rolls Royce der Bruno Bär.

Meister Lampe sucht nach Popel
geistesabwesend im Opel.
Still belauscht von Anna Konda
zischelnd wild im Jeep von Honda.

Weit entfernt am Horizunt,
schwitzend und halb moribund,
Wohnmobil auf ihrem Rücken,
kommt die Schnecke. Zum Entzücken!

Heiße Kurven in der Steigung,
Staubwolken, ganz seine Neigung:
Brüllend, fast zu Tode lacht sich
Jaguar bei hundertachtzig.

Aus dem Löschfahrzeug (Expeditionen
in das Tierreich dank Iveco lohnen)
entsteigt hier gegen jede Lex:
„Mein Gott, Tyrannosaurus Rex!"

Autolicht bei Halbmond blendet.
„Heute meine Laufbahn endet",
denkt der Forstmann schwer verdutzt,
als er seine Gläser putzt.

„Tausende PS versammelt,
großes Tiere-Treff", er stammelt.
„Chef schickt mich sofort in Rente:
Bäraufbinden – Nachrichten-Ente."

Hände zitternd Fernglas lenkt er.
„Geht auf keine Kuhhaut!", denkt er.
Doch der Spuk ist schnell verweht,
als des Försters Handy geht.

Bioleck im NOMADE

Der Ex-Talk-Master und Fernsehkoch im Ruhestand Alfred Biolek (77), bekannt aus Sendungen wie „Bio's Bahnhof" und „Alfredissimo", testete ganz beherzt das Naturkostrestaurant Nomade und sprach mit Inhaber und Starkoch Norbert Maria Demuth, alias NoMaDe.

BIOLEK: Herr Demuth, leitet sich der Name für Ihr Restaurant eigentlich von Ihrem Namen ab? Schließlich ist Ihr Spitzname in Szenekreisen Nomade.

NOMADE: Wir knüpfen an das berühmte Noma in Kopenhagen an. Noma ist das dänische Kürzel für nordisches Essen. Noma verdeutscht sozusagen. Wir haben ein verfeinertes Konzept. Weniger Fleischverzehr, statt dessen lassen wir unsere Gäste noch mehr die ganze Bandbreite natürlicher Nahrungsmittel entdecken.

BIOLEK: *(kaut misstrauisch auf einem getrockneten und gesalzenen Mehlwurm)* Hm, fast wie lecker. Sieht aus wie eine Salzstange ... und schmeckt so. Seit wann und wo gibt es das Nomade?

NOMADE: Uns gibt es seit 2010. Ohne festen Sitz, wie der Name verrät. Wir eröffnen unser Restaurant jeden Monat neu. Abwechselnd in einer Stadt – nahe bei den Menschen, und auf dem Land – bei Mutter Natur. In Großstädten mieten wir ganze Hotels, der Küche wegen. Auf dem Land schlagen wir unser Restaurantzelt auf. Neulich am Fuße des Brockens im Harz. Dann in Berlin. Momentan hier in der Gemeinde Linsengericht bei Hanau im Spessart.

BIOLEK: Also irgendwie doch ein Take Away-Restaurant. *(Er schaut sich um: Es gibt Sitzbänke ohne Lehnen und lange Gästetafeln aus robusten Holztischen ohne Tischdecken.)* Nun ist es aber so, dass Sie nur alle 3 Monate Reservierungen entgegennehmen. Doch schon nach wenigen Tagen ist der Kalender wieder für 3 Monate voll. Wie erklären Sie sich diesen enormen Zulauf?

NOMADE: Mit Wohlstand allein lassen sich die Wünsche der Menschen nicht erfüllen. Die Leute sehnen sich nach Aufklärung, wie man sich im

Einklang mit Mutter Natur ernährt. *(Schenkt dem Gast einen „Mezcal con gusano" ein.)* Das hier ist ein mexikanischer Agavenschnaps, der veredelt ist durch eine exquisite Schmetterlingslarve. Zum Wohlsein!

BIOLEK: Also dann, ja, hm ... zum Wohlsein! ... Also, das ist eigentlich wie lecker! Und Ihre Vorbilder?

NOMADE: Mein Vorbild, das berühmte Noma in Kopenhagen, befindet sich auf Platz 1 der 50 besten Restaurants der Welt. Wir haben die Philosophie des Kochkünstlers Redzepi vom Noma weiterentwickelt. Wir setzen noch stärker auf Leitbilder wie Unmittelbarkeit, Ursprünglichkeit und nachhaltige globale Ökologie.

BIOLEK: Erwarten Sie Sterne vom Guide Michelin?

NOMADE: Diese Tester waren vielleicht schon in cognito hier, um das berühmte Haar in der Suppe zu suchen. Doch was ist schon das Urteil eines Restaurantführers wert? Die Auflage 2005 des Restaurantführers Guide Michelin musste gleich nach dem Erscheinen komplett eingestampft werden. Die Ausgabe lobte das Lokal „Ostend Queen" des damaligen Brüsseler Drei-Sterne-Koches Pierre Wynants. Die Sache hatte aber einen Haken: Das Restaurant war noch nicht eröffnet worden.

BIOLEK: Gleich mehrere Fernsehsender haben versucht, Ihr Restaurant für eine Koch-Show zu gewinnen. Warum schlagen Sie alle Angebote in den Wind?

NOMADE: Reden wir nicht um den heißen Brei herum: Unser Konzept passt einfach nicht in dieses Business von Kerner, Lanz und Co. Wir sind kein Wanderzirkus im Sinne von Showgeschäft. Zu Unmittelbarkeit gehört auch eine Portion Ehrlichkeit.

BIOLEK: Was sagen Sie Kollegen wie Johann Lafer, Sarah Wiener, Horst Lichter, Tim Mälzer und all den anderen?

NOMADE: Nichts. Ich kenne sie nicht persönlich.

BIOLEK: Einen Kollegen hauen Sie genauso ungern in die Pfanne wie ein Tier aus Massenhaltung, oder?

NOMADE: Sie sind eine Ulknudel. Wenn es Sie nicht gäbe, müsste man Sie erfinden. *(Greift aus der dekorativen Blumenvase eine orange Blume heraus und kaut genüsslich darauf. Biolek zieht dabei ungläubig die Augenbrauen zusammen.)* Greifen Sie zu! Außer dieser orangen Kapuzinerkresse haben wir übrigens leckere Veilchen, Gänseblümchen und Speisechrysanthemen. Gewürze, die in Vergessenheit geraten sind. Nicht nur für Salat. Gestern gab es Dahliensalat, eine Delikatesse.

BIOLEK: Hm, lecker! Wie kommen eigentlich Sie auf dieses exotische Speiseangebot?

NOMADE: Die meisten Menschen auf der Erde ernähren sich auch mit Würmern oder Heuschrecken. In Mexiko isst man Baumwanzen. Der Bockkäfer ist eine echte Delikatesse in Südamerika. In China stehen natürlich unbedingt die Seidenspinnerpuppe und der Wasserkäfer auf der Speisekarte. Honigameisen isst man in Australien, Mottenlarven in Botswana, eine Stinkkäferart in Mexiko.

BIOLEK: Als Durchschnittsesser bin ich ganz schön ... Wie soll ich sagen? Für Sie scheint das Alltag zu sein, die Speisekarte, je nach Jahreszeit, mit Insekten, Schnecken, Würmern, Heuschrecken ...

NOMADE: Der Unterschied zwischen Heuschrecken und den beliebten Garnelen ist doch nur, dass die einen an Land leben und die anderen im Wasser. Heuschrecken isst man in vielen Ländern in Afrika, Asien und Südamerika. Schon in der Bibel wird der Verzehr von Heuschrecken empfohlen. Schlagen Sie nach, im 3. Buch Mose, Kapitel 11, Vers 22.

BIOLEK: Ich will gerne einräumen, dass Kerbtierhaltung keine Weiden braucht, kein Kraftfutter und keine Jauchegruben. Aber trotzdem ...

NOMADE: Kerbtiere stoßen auch kein schädliches CO_2-Gas aus wie Kühe mit ihrem ständigen Herumgepupse.

BIOLEK: Zu Ihren Spezialitäten zählt glaube ich die Made.

NOMADE: In 5 verschiedenen Zubereitungsarten.

BIOLEK: Wie sind Sie eigentlich auf die Made gekommen, Herr Dema..., hm, Herr Demuth?

NOMADE: Ich habe als Student 2 Jahre in Shanghai gelebt und in Restaurants gejobbt. Da habe ich beim Teller abtrocknen den Köchen immer wieder über die Schultern geschaut. Die meisten Menschen lassen sich diese Speise madisch machen. Durch Vorurteile. Das ist eine eher kulturelle Frage. Nennen wir es Erziehungssache.

BIOLEK: *(beißt vorsichtig in ein Appetithäppchen, ein kleines Steinofen-Dinkelbrötchen mit krosser Hühnerhaut. Dabei quellen geräucherter Frischkäse, Kaviar und Kräuter an der Seite heraus. Versucht nervös mit der Zunge den Frischkäse vom Brötchen abzulecken. Will sich dann Kaviar vom Kinn abwischen und nimmt statt der Serviette vom Schoß versehentlich seine Krawatte.)*

NOMADE: *(sieht seinem verzweifelt mit Sauce ringenden Gegenüber zu:)* In China hält sich auf dem Lande die 5.000 Jahre alte Tradition, dass der Gast nach dem Essen so lange bleibt, bis er die aufgenommenen Nährstoffe wie Stickstoffe, Kalium usw. wieder in den Kreislauf zurückgibt. Es gilt dort als unhöflich, den Gastgeber zu verlassen, ohne sein Klosett gründlich benutzt zu haben.

BIOLEK: *(verschluckt sich und hustet, spricht dann mit halb leerem Mund:)* Also ein Klosett für den Kreislauf sozusagen ... Großartig! Sagen Sie, sind Maden denn nicht giftig?

NOMADE: So ein Quark! In Europa wurden bis vor 2.000 Jahren Insekten gegessen. Aus unerfindlichen Gründen kam es irgendwann zu Änderungen auf dem Speiseplan. Es ist wie beim Fleisch. Gut gebraten oder frittiert sind die Tierchen gesund und bekömmlich. Mit den richtigen Gewürzen oder Saucen werden sie zur Delikatesse. Viele Menschen haben aber Vorurteile. Manche essen mit dem Auge.

BIOLEK: Ich selber stamme aus dem bürgerlichen Mährisch-Schlesien, aber in manchen Gegenden der Erde isst man ja Tieraugen. Liebäugeln Sie damit?

NOMADE: *(grinst)* Ich lasse nichts anbrennen. Andernorts kann man sich nicht vorstellen, Nieren und Leber zu essen, so wie in Europa. Asiaten sind für frische Milch nicht zu begeistern. Noch schlimmer ist für sie verdorbene Milch in Form von saurer Sahne, Joghurt, Käse oder gar verschimmeltem Käse. *(Bietet seinem Gast Seidenraupen und Nashornkäfer als Amuse-Gueules zu einem Glas Bastardo an, einem Aufgespritzten aus Madeira.)*

BIOLEK: *(pickt vorsichtig eine Seidenraupe heraus und betrachtet sie gründlich von allen Seiten.)* Also, wissen Sie, nach meinem Jurastudium habe ich als Entertainer gearbeitet. Beim ZDF habe ich als Jurist begonnen. Erst Jahre später gab ich Butter bei den Fisch, wechselte zur Redaktion und danach zur Bavaria Film. Was ich sagen wollte, bei uns in Mährisch-Schlesien, da haben wir immer ...

NOMADE: Wir bieten weniger Fleisch an. Und nur von kleinen Biobauernhöfen. Wir bräuchten vier Planeten, wenn alle Menschen sich so wie in Deutschland ernähren würden. Am 1. November 2011 wurde der 7 Milliardste Mensch geboren.

BIOLEK: ... und wo kaufen Sie ein?

NOMADE: Wir legen großen Wert auf das Kennenlernen der eigenen kulinarischen Umgebung. Wir erkunden immer die Gegend unseres jeweiligen Standorts. Oft laufen wir Stunden durch den Wald und über Wiesen, auf der Suche nach neuen Gräsern, Wurzeln oder Würmern. Übrigens halten wir auch Meerschweinchen.

BIOLEK: *(schaut, wie jemand am Nebentisch einen Tonteller erhält: mit einem marinierten Steinpilz, drumherum Steine und ausgebackene Moos-wolken.)* Mehr was?

NOMADE: Eine Spezialität: gegrillte Meerschweinchen, ein Traditions-gericht aus Südamerika. Die UN bemühen sich seit Jahren vergeblich um ihre Einführung in afrikanischen Ländern, die von Unruhen mit Flücht-lingsströmen und Hunger geplagt werden. Sie vermehren sich leicht und sind leicht transportfähig.

BIOLEK: Mitten in der „Slow Food"-Bewegung kommen diese lahmen Schnecken und Krabbler daher und bilden als behäbige Parallelbewegung eine „Small Food"-Avantgarde?

NOMADE: Wenn Sie so wollen. Ja. Wir verzichten auf die unüber-schaubare Heuchelei mit künstlichen Konservierungsstoffen und natur-identischen Aromastoffen und diesen ganzen Kram. Wir kaufen auch kein Fleisch aus Massentierhaltung, selbst wenn sie irgendwann naturidentisch heißt.

BIOLEK: *(Am Nebentisch serviert man eine sesambedeckte Teigflade und gekochte Möveneier in einem Nest aus Algen.)* Sind Möveneier nicht hochgradig belastet durch die Futtersuche der Vögel auf Mülldeponien?

NOMADE: Unsere Eier kommen von Freunden von der Kurischen Nehrung beim ehemals preußischen Königsberg, oder aus Irland.

BIOLEK: In den Siebzigern und Achtzigern war Möveneiessen ein Ritual.

NOMADE: Solange bis die Lieferungen aus Spiekeroog ausblieben. Das waren etwa 500 Stück pro Jahr, ans KaDeWe Berlin und an ein paar Delikatessenhändler. Und bis durch die Vorgaben aus Brüssel schließlich auch der Verkauf von Eiern von der Schleswig'schen Möveninsel verboten wurde.

BIOLEK: *(überfliegt die Tageskarte:)* Heute gibt es also Bambusmotten auf thailändische Art. Quallensalat mit einem Dressing aus Erdnussbutter, Sojasauce, Sesamöl und Chiliöl. Regenwurmpastete an warmer saurer Sahne zum Dinkelröllchen. Knusprige Termiten. Wie werden so kleine Termi ...?

NOMADE: ... in der Pfanne geröstet und gesalzen. Kann man wie Popcorn essen und monatelang aufbewahren.

BIOLEK: Wo haben Sie das alles gelernt? Oder sind Sie authis.., ich meine autodidaktisch veranlagt?

NOMADE: Ich habe mich monatelang in Bibliotheken eingeschlossen und mit meinem Freund Rüdiger Nehberg eine Deutschland-Wanderung gemacht. Rüdiger ist gelernter Bäcker und Überlebenstrainer. Seine Bücher haben mich fasziniert und inspiriert. Wenn er davon schwärmt, wie er auf seinen Trekkingtouren überfahrene Igel am Lagerfeuer grillte und zum Überleben Wurzeln aß. Er brachte mich auf die Idee, mit den Gästen das zu suchen, was abends gekocht wird. Es gibt ein Wochenend-Angebot für ein Alles-inklusive-Paket mit Entdeckungstour und Restaurantbesuch.

BIOLEK: Und welche spannenden Entdeckungen machen die Teilnehmer?

NOMADE: Auf der Wanderung geben wir einen Einblick in die Welt essbarer Pflanzen, Kräuter und Kleintiere. Die Teilnehmer lernen zu unterscheiden zwischen giftig und ungiftig. Nehmen wir das Adlerfarn.

Die zarten, handlangen Sprosse und Wurzeln sind essbar. Aber ältere Wedel sind giftig. Wir untersuchen Gräser. Beim Seegras sind alle Teile essbar. Es ist sehr mineralstoffreich. Schmeckt anders als sattes Wiesengras oder seltene Berggräser. Letzte Woche fanden wir Wundklee. Die jungen Triebe lassen sich wie Gemüse zubereiten.

KELLNER: Haben Sie schon etwas gefunden?

BIOLEK: *(schaut den Kellner überrascht an)* Ja. Also, für mich ...

NOMADE: Wie wär's mit Wildsalat mit Queckewurzeln und Steinkraut. Die sind sehr verdauungswirksam und gut gegen Madenwürmer. Diese Tatsache beruhigt den ein oder anderen Neuling bei uns. Man sieht Ihnen Bluthochdruck an. Unsere Pizza mit Bärlauch wirkt nebenbei blutdrucksenkend und antiseptisch.

BIOLEK: Dann nehme ich mal das Menü Weltenbummler. Ich reise gern.

KEMLLNER: Und was möchten Sie gerne trinken?

BIOLEK: Ich hätte gerne ein Glas Weißdornsaft. Oder nein. Lieber einen Moosbeerensaft. Und einen Krug mit frischem Quellwasser.

NOMADE: Nehmen wir den Apfelsaft. Auf die Herkunft des deutschen Apfelsafts wette ich keinen Pfifferling. 80% des Konzentrats, das bei uns verarbeitet wird, stammt aus China. Die Bauern dort setzen massiv auf Pestizide. Auf der anderen Seite wissen die Menschen hier nicht, welche Nahrungsmittel um uns herum wachsen. Brennesseln sind durch den hohen Eiweißgehalt nahrhaft. Heimischer Löwenzahn schmeckt ähnlich gut wie der italienische Ruccola. Wenn Sie Steinkraut finden, können Sie auch gleich reinbeißen. Die ganze Pflanze ist essbar. Sie sollten schon etwas dazu essen und nicht ein halbes Kilogramm schlucken. Aber verhungern werden Sie damit in freier Wildbahn nicht. Doch jetzt probieren Sie mal hiervon: Die Atta laevigata ist das Höchste, was eingelegte, gegrillte Ameisen zu bieten haben ...

BIOLEK: *(greift beherzt zu)* ... knackig im Biss, mit rauchiger Blume ...

NOMADE: Das trifft es genau. Und mit nussigem Abgang.

BIOLEK: Ach ja, vor der Flucht in den Westen, in meiner frühen Kindheit, in Mährisch-Schlesien, ich hatte es fast vergessen, ...

NOMADE: Der Wohlstand hat vieles in Vergessenheit gebracht. Wussten Sie, dass man die reifen Früchte der Eiche essen kann? Gekocht, da sie sehr viel Bitterstoff enthalten. Unreif sind die Eicheln giftig. Der Tee aus Eichenrinde und Eicheln hilft ganz nebenbei bei Durchfall und bei Zahnfleischproblemen.

BIOLEK: Bei uns in Mährisch-Schlesien ...

NOMADE: ... In Deutschland kam bis Mitte des 20. Jahrhunderts Maikäfersuppe auf den Tisch, besonders in armen Haushalten. Sie liegt geschmacklich in der Nähe einer Krebssuppe.

BIOLEK: Also bei uns in Mährisch-Schlesien, von wo ich ursprünglich stamme, das heißt im heutigen Tschechien. Habe ich Ihnen die Geschichte schon ...? Da haben wir samstags oft Graupensuppe gegessen. Wir hätten allerdings im Traum nicht daran gedacht, dass man sie mit einer einzigen Raupe so verfeinern kann.

NOMADE: Haha, liegt die Stadt Kalau auch in Ihrer Heimat ...? In Ostasien stehen Quallen auf dem Speiseplan, seitdem die Tiere von der Überfischung der Meere profitieren. Ihre Nahrungskonkurrenten verschwinden. Das führt zur rasanten Vermehrung der Quallen.

BIOLEK: Sie helfen auch bei Bewusstseinsprojekten an Schulen mit ...

NOMADE: Von Zeit zu Zeit gehen wir in Schulen. Wir zeigen dem jungen Gemüse Nachhaltigkeit in der Ernährung und beim Kochen. Und verteilen kostenlos Mehlwürmer oder Raupen-Schoko-Cracker.

BIOLEK: Haben Sie keine Angst, dass irgendjemand Ihr Erfolgskonzept kopiert?

NOMADE: Nicht die Bohne! Wir geben sogar eine Reihe von Rezepten heraus. Außerdem, bis ich die Radieschen von unten sehe, ist es gerade ein Ziel von mir, dass es viele Nachahmer gibt. Zur Erweiterung unseres Ernährungshorizonts. Zur Erhaltung unseres Lebensraums und ...

BIOLEK: ... für bessere Überlebenschancen der Menschen weltweit.

NOMADE: Genau. Also schön, lassen Sie uns mal gemeinsam kochen! Hören Sie, Bio! Bestellen Sie Ihren Ex-Kollegen vom Sender einen Gruß.

Von mir aus machen wir die Sendung. Unter 2 Bedingungen: Erstens, Sie und ich kochen gemeinsam ...

BIOLEK: Was denn? Ulknudel à la Nomade etwa? Nicht auszudenken, was es für das Nomade bedeutet, wenn die BILD-Zeitung tags darauf ein Bio-Leck in Eurem Restaurant titelt. Ein gefundenes Fressen für die Schlagzeilenmacher.

NOMADE: *(lacht auf)* Das Bio-Leck haben doch die. In ihren Köpfen. Zweitens, wir bereiten als Vorspeise eine mährisch-schlesische Graupensuppe zu.

BIOLEK: *(erhebt sich)* Aber ohne „G".

NOMADE: Klar. Ihr Essen kommt gerade. Alles in Butter?

BIOLEK: Ja. Ich muss nur mal kurz raus ... etwas für den Kreislauf tun.

NOMADE: Als Vorschuss? Wie aufmerksam!

NOMADE - TAGESKARTE - NOMADE

Menü Newcomer: 119 €

Regenwurmpastete an warmer saurer Sahne zum Dinkelröllchen

Heuschrecken auf Mangoschaum ODER: Silberfischsuppe

Langustinen mit Rügener Seegras und Austernemulsion

Pizza mit Ferkelkraut und Löwenzahn (Wurzel, Blatt, Knospe, Blüte), Bärlauchblättern und Bärlauchzwiebeln

Wachwach – Wachteleier im frischen Moos- und Wacholderzweignest

Nachspeise: Raupencracker im Schokolademantel

Menü Lustwandler: 165 €

Knusprige Termiten, geröstet in Walnussöl

Maikäferbouillon nach Urgroßmutters Art

Wildsalat von wilden Möhren (Blätter, Samen, Wurzeln) sowie weiße Queckewurzeln mit Meerrettich (junges Blatt) und Steinkraut

Pfifferlinge auf aromatischen Nadelbaumzweigen mit Kresse und Dill

Rentierzunge mit Variationen von Äpfeln

Nachspeise: Raupencracker im Schokolademantel

Menü Weltenbummler: 190 €

Bambusmotten auf thailändische Art

Quallensalat mit Dressing aus Erdnussbutter, Soja, Sesam- und Chiliöl

Polar-Dorsch auf Seetang, leicht angegart

Brennesselspinat vom jungen Blatt mit Frucht und Sprösschen

Sibirischer Moschusochse mit Gänsehaut an Trüffelschaumeis

Nachspeise: Casu Marzu – Italia-Käse mit eingeschlossenen Insektenlarven

Moderatoren-Pogrom im Fernseh-Programm

der öffentlichen Unterhaltungsbedürfnisanstalten ARD und ZDF *

- eine Glosse zur Glotze -

Ihr neuer Bestellsender mit dem Wunschmenü: „Fernseh pro Gramm"

Jetzt als *All inclusive*-Abo: *All you can watch. So viel Lanz wie Du kanns!*

07.00 Uhr   Talk mit Weckmann
08.00 Uhr   Frühstücksfernsehen mit Markus Lanz
09.00 Uhr   Anne will bei Maybritt Illner
10.00 Uhr   Lanz' Stalkshow
11.00 Uhr   Mensch Maischberger!
12.00 Uhr   Kochshow: FleischpfLanzerl im Salatebett
13.00 Uhr   Warentest: *Wireless* LAN-Zertifikate
14.00 Uhr   Die Macht der Bö(r)sen (Programmhinweis: ohne Lanz!)
15.00 Uhr   Talk mit Blasberg: Schacht aber leer – Zukunft des Bergbaus
16.00 Uhr   PfLanz in der Wüste!
17.00 Uhr   Mord zum Sonntag (mit Pfarrer M. Lanz)
18.00 Uhr   Kanz locht zum Abendessen
19.00 Uhr   Heute: mit Auslanzkorrespondent
20.00 Uhr   Tagesschau: mit Finanztipp Kostenersparnis durch Kulanz
20.15 Uhr   Lanzen zu Pflugscharen!
21.00 Uhr   Abend teuer mit Lanz in der Mongolei
22.00 Uhr   Waldis Spottclub, heute zu Gast: Markus Lanz
23.00 Uhr   Wetten dass? – Lanz kann's!
24.00 Uhr   Lanzen zu Kochlöffeln!

*ARD: Abschaltknopf Rechtzeitig Drücken
*ZDF: Zeitgewinn Durch Fernsehverzicht

Geflügelte Worte:

Tierisch menschliche Sprüche

Es wird höchste Zeit für ein Eingeständnis. Das Animalische ist unsere Bestimmung. Stehen wir zum Tier in uns! Unsere Sprache verrät die Allgegenwart des Animalischen in uns Menschen. Das dokumentieren auch Hunderte Ausdrücke und Redewendungen.

Wenn wir aus der Mottenkiste plaudern, wimmelt es nur so von Tieren. Tieren aller Arten. Außer Motten. Schlagen wir zwei Fliegen mit 1 Klappe, so tun wir dennoch keiner Fliege etwas zu Leide. Und wenn wir die Fliege machen, tun wir das sogar ohne Flügel. Die Mücke machen, das sollen gefälligst Andere. Wenn uns die Fliege an der Wand ärgert, dann machen wir, wie geht das eigentlich, aus einer Mücke einen Elefanten. Passiert uns das im Porzellanladen, haben wir uns schlecht benommen.

Viele Staaten der Erde schmücken ihr Wappen gerne mit fremden Federn. Und nicht nur das Wappen. Adlerauge, sei wachsam!

An der Spitze der amtlichen Tierhierarchie steht auch bei uns der Adler. Unser Bundesadler ist unantastbar wie eine Heilige Kuh. Das gebieten unsere Verfassung und die Tradition. In der Darstellung kommt der amtliche Adler zuweilen als Fette Henne daher, obwohl er absolut genügsam ist. Er verweigert jede Nahrungsaufnahme. Selbst Katzenpfoten, Schweineohren, Schnecken und Kalte Schnauze lassen ihn kalt.

Die meisten Bürger sind tierlieb. Darum ist der Tierschutz seit 2002 als Staatsziel im Grundgesetz verankert. Auch für den Adler. Jedermann mag ihn. Da ist man sich einig. Die als Hymne amtlich besungene vaterländische Einigkeit zerfällt (durch das Recht auf Freiheit) schon bei den so artverwandten „Falken". Politische „Hardliner" sind nun einmal umstritten.

Auch die vor den Wahlen fernsehwirksam inszenierten Elefanten-runden, bei denen dem Publikum in aalglatten Reden der eine oder andere Bär aufgebunden wird, können nicht darüber hinwegtäuschen, dass Adler Trumpf ist. Gleich nach dem Krieg wurde er wieder aus der Taufe gehoben. Auch für eine Motorrad-Marke. Mehr aber als Wappenemblem für's Vaterland. Höchst amtlich schmücken wir uns auf diese Weise mit falschen Federn. Adlerfedern.

Jeder darf sich willkürlich ein Tier vor den Karren spannen. Der gute Ruf wehrloser Tiere wird schamlos ausgenutzt. Schlimmer noch: Seit dem Auftreten widerwärtiger Unternehmensplünderer sind unschuldige Heuschrecken dem Rufmord erlegen. Anderen geht es nicht besser. Die europäische Währungsschlange hat ihr Zeitliches gesegnet. Der Schnelle Brüter in Deutschland ist vom Aussterben bedroht. Kaum jemand weint ihm nach. Nur Nachrichtenenten sind immun und bleiben unsterblich. Vor allem, wenn es sich um Hohe Tiere dreht.

Er hat keine Flöhe mehr. Keine Mäuse im Staatssäckel. Dennoch hat auch der hoch verschuldete Berliner Bär in der Popularität keine Federn gelassen. Bären sind bei Kindern so beliebt, dass sie gerne von ihnen naschen. Sie lutschen Bärendreck. Vornehmere nennen das Lakritz.

In der Politik schöpfen wir die ganze Bandbreite der „Tiersprache" aus: Die Kanzlerin, äußerlich eher die graue Maus, ist das Zugpferd ihrer Partei und der Regierung. Ihr Herausforderer Steinbrück gab lieber die Rampensau. Die Wahlgewinner aalen sich im Erfolg. Als Koalitionspartner hat die FDP vorübergehend als Schwanz mit dem Hund gewedelt. Viele Wählerstimmen abzuluchsen, ist der FDP misslungen. Nach den Wahlen hatte sie einen Kater. Ihre Vertreter fühlten sich hundeelend und ihr Parteichef dackelte ab. Andere weinen der Partei keine Krokodilsträne nach. Die SPD spielte zuerst Katz und Maus mit der CDU und zeigte Krallen, obgleich sie stumpf geworden waren. Am Ende hat sie den innernen Schweinehund überwunden und trat schlussendlich doch in Koalitionsverhandlungen ein, um so gemeinsam die nötigen Mehrheiten auszubrüten.

Politiker instrumentieren Tiere genauso wie Tierschutz. Sie nutzen die Wahlforschung aus, indem sie Interesse an der Walforschung vorgaukeln. Psychologische Fallenstellerei! Denn jedes Mittel ist dem Homo politicus recht, um das Stimmvieh hinters Licht zu führen.

Vom Hohen Ross verstehen Politiker viel. Deswegen sind Pferde in ihrem Bestand gesichert. Sie müssen als Sachsenross und Westfalenross auf Wappen Frohndienst leisten. Doch nicht besser ergeht es Löwen und Adlern.

Vom Hohen Ross mögen die Politiker ungern heruntersteigen. Sogar niedere Schreibtischhengste reiten den Amtsschimmel. Wider die Natur. Die behördliche Kavallerie wird erweitert durch sogenannte Aktenreiter und Paragraphenreiter. Ganz zu schweigen vom selbstklebenden Kuckuck.

Der Hering ist ein gefundenes Fressen für Amtspersonen, um ihn grausam für das Aufspießen von Akten zu missbrauchen. Aktenspieße samt Eselsohren. Mahlzeit! Der arme Reißwolf muss dann am Ende eines langen Vorgangs zur Vertuschung von Skandalen herhalten, wenn sich die Paragraphenreiter wieder vergaloppiert haben. So wie beim Verfassungsschutz im Zusammenhang mit dem NSU-Prozess. Für einen guten Zweck wohlgemerkt, zum Schutz der Verfassung.

Bullen werden von Hohen Tieren zur Durchsetzung der Staatsmacht eingespannt. Im Namen des Bundesadlers. Dabei schrecken sie im Straßenverkehr vor nichts zurück. Imitate von Zebrastreifen sind ihnen recht. Ebenso der Gebrauch von Starenkästen. Drosseln der Geschwindigkeit, weil ein Jaguar mit einem Affenzahn fährt. Warum bitte nicht Menschenzahn?! Das ahnungslose Tier muss für alles den Kopf hinhalten.

Verwirrung stiftet man beim Führerscheintest mit hundsgemeinen Fragen: Wie hat sich eine herannahende Raupe zu verhalten, wenn sie auf einen schleudernden Käfer stößt, der vor dem Zebrastreifen einen unfreiwilligen Elchtest macht, weil er für eine Ente bremsen muss?

Auch Fahrzeuge haben einen tierischen Namenshintergrund. Da kommt es vor, dass ein Amphibienfahrzeug am Rande des Manöverplatzes eine Citroën Ente oder einen Fiat Panda überfährt. Drahtesel werden von anderen Tieren nur belächelt, weil ohne Pferdestärken. Nur das Stahlross ist in, denn es schafft Arbeitsplätze und ist ein Sinnbild der Exportnation.

Hohen Tieren der Wirtschaft fällt nichts besseres ein: Heuschrecken, Baulöwen, Finanzhaie und Wirtschaftsdinosaurier spannen sich frei nach Schnauze Tiere vor ihren Karren, um ihr Markenimage aufzupolieren: Bärenmarke-Bären, Haribo-Bären, Camel, Ibis, Katzenpfoten, Lufthansa-Kraniche, Löwenbräu-Löwen, die Mickey Mouse. Auch Pelikan, Puma, Salamander, Uhu und der Jaguar müssen daran glauben. Das geht bis zum Huhn, das goldene Eier legen muss. Vorläufig ohne genetische Eingriffe. Verbreitet ist der Missbrauch in der Firmenwelt! Doch weit und breit kein Tierschutz in Sicht.

Sogar die Medizin macht bei dieser Verschwörung gegen Tiere mit. Beim kleinsten Hüsteln diskreditiert sie einen Frosch im Hals. Ärzte ziehen gerne graue Stare und grüne Stare zur Rechenschaft. Gemeine Beleidigungen sind Hühnerauge, Krähenfuß und Hasenscharte.

Von Moralisten lange diskriminiert wurden auch die Hasen, nämlich dann, wenn sie als „bunnies" für den Playbay auf Fotos posierten oder in Clubs kellnerten.

Das Diskreditieren von Tieren ist ein fieser Gesellschaftssport. Unbeliebte Typen erhalten Beinamen, die auf das Animalische anspielen und dabei Tiere verunglimpfen: lahme Ente, Frechdachs, Hausdrachen, dumme Gans, blöde Kuh, Platzhirsch, schwarzes Schaf, Trampeltier, Wolf im Schafspelz, dumme Ziege. Auf diese Weise wird häufig mehr als der Beschimpfte das Tier beleidigt.

Der Bundeswehr fallen keine besseren Namen ein als Dingo, Drohne, Fuchs, Leopard, Marder und Wolf. Bei so vielen Anspielungen ist es kein Wunder, dass sich manch ein Tier ein dickes Fell zulegen musste. Geheime Eichkater beschönigen nachrichtendienstliche Aktionen mit Ausdrücken wie lauschen, schnüffeln, verwanzen und halten sich oben drein für fähig, mit Maulwürfen zu sprechen. So wittern sie Hochverrat ganz ohne Nüstern. Und hoffen am Ende, dass ihnen ein dicker Fisch ins Netz geht.

Die Börse ist zwar im Bann von Bulle und Stier. Die Lufthoheit über die Wirtschaft teilen sich aber Bundesadler und Pleitegeier. Letzterer weiß genau, wie der Hase läuft. Gefährliche Vorratskäufe wiederum werden dem Hamster untergejubelt: als angebliche Hamsterkäufe.

Unschuldige Tiere müssen für alles herhalten: Der Klapperstorch für den Bevölkerungsschwund. Die Friedenstaube für die Schieflage des Weltfriedens. Wahllos werden Brieftaube und Schnecke im Postdienst herbeizitiert. Arme Unken müssen sich für unflätige Zwischenrufe im Parlament blamieren: Unkenrufe.

Um eine gute Figur zu machen, äffen wir die Tiere gerne nach. Man koketTiere bloß ein wenig mit Fliege, Fledermausärmeln, Pudelmützen oder Schildkrötenkragen (mit oder ohne Futter). Dafür sind sie uns wieder gut genug. Und frisürlich dürfen Pony, Pferdeschwanz und lange Mähne als Vorbilder herhalten.

In der Pflanzennomenklatur greifen wir mit Vorliebe auf Tiernamen zurück: Bärentraube, Bärlauch, Fliegenpilz, Gänseblümchen, Hasenklee, Löwenzahn, Schafgarbe und Schlangengurke. Sogar für Tiere selber fällt den Namensgebern nichts besseres ein als andere Tiere: Ameisenbär, Hirschkäfer, der sogenannte Silberfisch usw.

Nur der Mensch, dieser ungeheuerliche Homo sapiens, der eignet sich gerade mal für seine allernächsten Verwandten als Pate bei der Namensgebung: nämlich für Menschenaffen.

Zahlenmäßig ist uns selbst ein Hering in seinen Bedeutungen mehrfach überlegen. Als eine Halterung für Zelte, als ein Hilfsmittel zum Abheften von Blättern, als eine Fischart sowie als ein sehr dünner Mensch.

Bei geographischen Bezeichnungen wimmelt es nur so von Tieren. Nehmen wir nur Rüdesheim, Rüsselsheim, Schweinfurt, Wolfsburg, Löwen (in Belgien) und die Schweinebucht.

Und die Sportwelt? Unsere Fußballer laufen sich allenfalls mal ein Wölfchen, machen im Spiel vielleicht eine Schwalbe und haben am darauffolgenden Tag einen Muskelkater.

Tiere begleiten uns das ganze Leben. Für eine Schwimmtechnik stehen Schmetterlinge. Manchmal haben wir sogar welche im Bauch. Irgendwann folgt der Schmetterlingskuss. Wenn wir uns über den Anderen ärgern, kriegen wir die Motten. Haben wir die Nase voll von ihm, machen wir die Fliege. Bei Übermüdung schlafen wir wie ein Murmeltier. Bei Naturkatastrophen sterben Menschen wie die Fliegen, bevor sie ihre Schäfchen ins Trockene gebracht haben.

Wer hat nicht schon einmal irgendetwas geschwänzt! Das schwanzlose Wesen muss hin und wieder den – nicht vorhandenen – Schwanz einziehen. Manchmal fühlt es sich sogar auf den Schwanz getreten. Ganz ohne einen solchen. Ein Phantomschmerz. Sprachliche Phantasie und tiefe Verbundenheit mit den – etwas anderen – Tieren machen es möglich.

Der Mensch ähnelt in seinem Gehabe zutiefst anderen Tieren: Spass-vögel werden zu Streithähnen und tragen Hahnenkämpfe aus. Sie wollen beweisen, dass sie Eier haben. Sie sehen wie aus dem Ei gepellt aus, plustern sich auf und führen doch einen Streit um ungelegte Eier. Und das Ergebnis soll dann das Gelbe vom Ei sein. Ach Du dickes Ei!

Erst durch das Tier wird des Menschen Sprache reich und geistreich. Erst diese sogenannte Tiersprache macht das Unmögliche möglich: So kann sich ein toller Hecht auch mal eine dufte Biene angeln. Ist es nur eine Frage der Zeit, bis ein Froschmann sich in eine Froschfrau verknallt?

Vorsicht bei Redewendungen! Verkehrte Auslegungen haben sich eingebürgert. „Früher Vogel frisst den Wurm." bedeutet nämlich nichts anderes als: Schlaf Dich besser in Ruhe aus, denn: „Frühen Wurm frisst der Vogel."

Unser Gedächtnis kommt nicht ohne Eselsbrücken aus. Ohne Tiere geht gar nichts! Selbst Vegetarier machen sich über Kalte Ente mit einer Kalten Schnauze her. Und schieben sogar ein Stück süßen Mäusespecks hinterher.

Verleger meckern über Bleiläuse, Zwiebelfische und Grubenhunde. Willkommen sind ihnen nur Leseratten. Der Mediencircus lässt sich von der Verleihung der Bambis anturnen.

Was wäre die Musik ohne Ohrwurm? (Katzenmusik und Flohwalzer lassen wir einmal beiseite.) Den Bücherwurm wurmt der Bandwurmsatz. Den Tischler wurmt der Holzwurm. Nur scheinbar paradox: Tischler nennen sich selber so. Spasseshalber.

Die Tierwelt ist also ein unverzichtbarer Namenslieferant. Von dem ungeheurlichen Sprachuniversum der Astronomie und der Astrologie samt der dazugehörigen Tierkreiszeichen ganz zu schweigen.

Längst haben sich Tiere in unsere Computerwelt eingeschlichen. Es gibt zwar nur eine Maus, doch es wimmelt von Würmern und Viren. Wir zwitschern (*twittern*) und setzen den Affengriff an (Strg. + Alt + Entf.).

Die übergebührliche Inanspruchnahme von Namen aus der Tierwelt macht nicht einmal an der Sprachgrenze Halt. Auch im Mutterland der *political correctness* keine Spur von Höflichkeit. Ein vergiftetes Geschenk wird zum *blue elephant*. Statt Bindfäden regnet es *cats and dogs*. Ein Politiker aus Leib und Seele wird zum *political animal*.

Der Rückgriff auf Tiernamen gleicht einer Jagd auf Freiwild. Das ist kein faires Spiel! Dennoch heißen im englischen Sprachraum beide *fair game* („faires Spiel" und „Freiwild").

Lame duck, fish eye und *desk-jockey* sind nur ein paar Beispiele für viele andere Ausdrücke.

Gedanket sei dem Tierreich! Durch seine Zutaten wird unsere Sprache tierreich. Bei Redewendungen, Sprichwörtern und Schimpfwörtern wimmelt es nur so von Anspielungen, die unser animalisches Naturell bloßlegen. Auf diese Weise entblößt, steigen wir immer wieder unfreiwillig von dem hohen geistigen Sockel herunter, hinab in abgrundtiefe, peinliche Spiegelsääle, zu einer Gegenüberstellung mit dem Tier.

Doch was tut der Mensch? Angewidert von sich selbst, erklimmt er blitzschnell wieder seinen hohen Sockel. Von dem Sockel der Hochmut lässt sich ganz verächtlich herabschauen auf alles Tierische. Wirklich verächtlich an dem Ganzen ist jedoch nur sein eigenes Verhalten.

Letztendlich entpuppen sich viele Ausdrücke und Sprüche als eine Form der Selbstentlarvung des Menschen.

Unsere menschliche Fehlbarkeit und unsere animalischen Triebfedern wurmen uns. Dabei haben sie gar nichts Peinliches an sich. Sie sind nur menschlich allzu menschlich. Ja, mehr noch als das: abgrundtief menschlich. Mit anderen Worten: tierisch menschlich!

Als der Stute hengstlich zumute

Schweinkram

Es standen und starrten vor Staunen zwei Stuten
auf räudige Rüden mit rost-roten Ruten.
Es sollte nicht sein.
Die waren so klein.
Da musste das Herz ihnen bluten.

Was strampelt da strauchelnd im struppigen Stroh?
Verflixt, diese Ferkel vergnügen sich froh!
Es sollte nicht sein.
Dort war so ein Schwein.
Von wegen Moral und Manieren und so!

Sie streunten zur Stallung von stämmigen Stieren.
Verführerisch Hüften profilvoll vibrieren.
Es sollte nicht sein.
Ein Ochs ganz allein.
Das lässt sich wohl nicht reparieren.

So stolpern die Stuten frustriert über'n Stein
und hoffen, dass heute der Hengst mal daheim.
Es sollte nicht sein.
Der war nicht allein.
Auf unserem Hof ist der Knecht auch das Schwein.

Rosskuren für den Amtsschimmel

Plädoyer für eine verständliche Rechts- und Verwaltungssprache

Wenn es nach dem Bürgerwillen ginge, wäre es unser gutes Recht, die gestelzte Amtssprache besser zu verstehen. Daher stellt sich die Frage: „Braucht der Amtsschimmel eine Rosskur?"

Wer kennt sie nicht, diese holprigen Behördenschreiben, bei denen man über Abkürzungen wie *LZA* stolpert? Du fragst Dich bloß: Was hat den Amtsschimmel da wieder geritten? Wer kommt schon darauf, dass sich dahinter eine *Lichtzeichenanlage* verbirgt? Und selbst das könnte auch eine *Diskothekenbeleuchtung* sein, oder eine geheime *Nachrichtenübermittlungsanlage*! Die simple Bezeichnung (*Verkehrs-) Ampel* brächte den zügellosen Amtsschimmel wahrscheinlich zum Wiehern.

Eine komplizierte oder widersprüchliche Rechtssprache mit Doppeldeutigkeiten, Fremdwörtern, Anglizismen und Formeln ist ein Pferdefuß für die Adressaten von Gesetzen und Behördenschreiben. Doch der Gipfel ist erst die *Rechtsbehelfsbelehrung* am Ende des Bescheides. Wie vorwurfsvoll schon dieser Terminus klingt, von oben herab! Wer wagt es da noch, Rechtsmittel einzulegen? Doch der Reihe nach: Wir wollen den Amtsschimmel ja nicht von hinten aufzäumen.

Die juristische Kommunikation bedarf eines hohen Maßes an terminologischer Einheitlichkeit und Verbindlichkeit. Diese sind nämlich unverzichtbar für eine möglichst klare und eindeutige Sprache unseres Gesetzgebers und staatlicher Stellen gegenüber uns Bürgern. Ohne die sprachliche Klarheit wäre ein wichtiges Kriterium des Rechtsstaatsprinzips nicht erfüllt. Durch die Einhaltung der Terminologie wird verhindert, dass sich der Amtsschimmel vergaloppiert. Also zum Kuckuck mit Wortungeheuern und Bandwurmsätzen!

Der Bürger hingegen darf von Formeln und Fachwörtern schon mal abweichen. Grundsätzlich ist ein Verwaltungsmitarbeiter verpflichtet, dem Sinn eines Gesuches nachzugehen, auch ohne die richtige Wortwahl in dem Gesuch des Bürgers (zum Beispiel nach dem Verwaltungsverfahrensgesetz des Landes Nordrhein-Westfalen). So nehmen wir gerne dankbar zur Kenntnis, dass der Amtsschimmel den Bürger nicht tatenlos im Trüben fischen lassen darf.

Bei einem Berufungsantrag reicht nach einem Urteil des OLG Düsseldorf ein einziges Wort aus, das den Willen des Antragstellers zeigt, auch wenn es nur lautmalerisch ist. Im Jahre 2000 klagte ein Algerier, dessen Berufung gegen eine Haftstrafe unter Verweis auf die alleinige deutsche Amtssprache von einem Amtsgericht abgelehnt worden war. Der Mann hatte einen französischen Text verfasst, in dem nur in Klammern das Wort *berofun* auftauchte. Der lautmalerische Hinweis war für das Gericht zweifelsfrei und zulässig.

Was die mangelnde Verständlichkeit von Rechtsnormen angeht, so kann man zwischen zwei Problemgruppen unterscheiden. Da gibt es zum einen die bewusste Abstraktheit bei der Formulierung durch Juristen. Zum anderen gibt es die Unverständlichkeit als ein Problem des juristisch nicht geschulten Bürgers, der die Juristen gerade dann nicht verstehen kann, wenn sie sich tierisch genau ausdrücken. Auch deswegen werden Verbraucher zur fetten Beute gieriger Anlage- und Kredithaie.

„Alle Staatsgewalt geht vom Volke aus." So lautet ein Prinzip in der Demokratie, das in Deutschland niedergelegt ist in Artikel 20, Absatz 2 des Grundgesetzes. Geht aber auch die Sprachgewalt vom Volke aus?" Ausgeübt wird die Staatsgewalt in Wahlen, als Richtungsentscheidungen für die Rechtsordnung. Deshalb müssen die Wähler informiert werden. Information wiederum setzt Öffentlichkeit und Durchsichtigkeit des staatlichen Handelns voraus. Spricht der Staat aber in einer Sprache, die der normale Bürger nicht verstehen kann, so versagt das Prinzip der Öffentlichkeit mit Transparenz und Kontrolle. Darum erzählt uns bitte nichts vom Pferd! Es ist schließlich nicht das gleiche, ob man die Bedienungsanleitung für ein kompliziertes Gerät nicht verstehen kann oder Gesetze der Parlamente und Urteile der Gerichte.

Auch in einer anderen Beziehung ist die Rechtssprache etwas Besonderes. Denn hinter ihr steht das Gewaltmonopol des Staates. Wenn ein Gesetz oder ein Gericht etwas konstatiert, dann steht dahinter die gesamte Staatsgewalt, auch im Sinne von physischem Zwang, nämlich der jungen Männer bei der Polizei, der etwas älteren Gerichtsvollzieher oder bei der abschließenden Funktion unserer Haftanstalten. *„There is plenty of* *law at the end of a nightstick"*, sagen amerikanische Ganoven. Da ist viel Recht – am Ende eines Gummiknüppels. [15]

Die Rechtssprache ist deutsch, so wie die Amtssprache. Diese Sprachenregelung ist bei der Verwendung von Fremdwörtern in den Rechtsvorschriften zu beachten. Das Handbuch der Rechtsförmlichkeit des Justizministeriums regelt: Fremdwörter sollten nicht benutzt werden. Gebe es jedoch im allgemeinen Sprachgebrauch kein passendes deutsches Wort, so sei auf das Fremdwort zurückzugreifen. Dabei sei auf die Umstände des Einzelfalls abzustellen, den Zusammenhang und die Adressaten. Doch wer prüft die Einhaltung im Vorfeld? Linguisten sind in Deutschland so gut wie nicht an der Gesetzgebung beteiligt. Die Wortwahl soll diesem Handbuch zufolge zeitgemäß sein. Auf veraltete Ausdrücke sollte demgemäß verzichtet werden. *Kauf* ist besser als *Beschaffung*, *Ehepartner* besser als *Ehegatte*. Statt *uneheliche Kinder* heißt es heute *nichteheliche Kinder* und glücklicherweise seit langer Zeit *nichteheliche Gemeinschaft* anstatt *Unehe*.

Der Deutsche Bundestag konzentriert sich bei seinen Beratungen der Gesetzesvorlagen auf die politischen Inhalte und verlässt sich weitgehend auf ein gutes Qualitätsniveau der Entwürfe der Ministerialbeamten. Irgendwann waren aber auch Bundestagsabgeordnete besorgt darüber, dass die Anglizismenflut vor der Rechtssprache nicht Halt macht. Im Herbst 2007 sorgten *Call a bike-Standorte* an Bahnhöfen und *Service Points* für Schlagzeilen. Ritten da vielleicht englische *Desk-Jockeys* auf deutschen Amtsschimmeln? Die Regierungskoalition plante eine Verpflichtung der Bundesregierung, als Anteilseigner Einfluss darauf zu nehmen, dass in öffentlichen Gebäuden (wie Bahnhöfen) zwingend Deutsch verwendet wird. Diese Initiative, die sich gegen soziale Ausgrenzung richtet, soll auch für Gesetzestexte, Verlautbarungen, Gebrauchsanweisungen sowie Werbekampagnen gelten.

Informationspflichten haben auch die Internet-Anbieter: Verbraucher müssen bei Rechtsgeschäften im Internet jederzeit Zugriff auf die gültigen Allgemeinen Geschäftsbedingungen haben. Die AGB müssen in derselben Sprache wie der Vertrag mitgeteilt werden. Es ist also unzulässig, dass die Internetseite mit Warenangeboten auf Deutsch erscheint, die AGB und weitere Informationen aber nur in englischer Sprache verfügbar sind.

Damit der Verbraucher weiß, was er damit seiner Gesundheit antut, müssen nach der Kennzeichnungsverordnung alle Lebensmittel mit ganz bestimmten Angaben in deutscher Sprache versehen sein. Dazu gehören neben ihrer Verkehrsbezeichnung die einzelnen Zutaten und das Mindesthaltbarkeitsdatum. Das gilt auch für *Wellness Food* und *Designer Food* aus exotischen Früchten, gerösteten Insektenlarven oder synthetischen Stoffen. Die von ihnen ausgehenden Gefahren *unterfüttern* die Argumentation für den Gebrauch des Deutschen als Sprache – ohne den Amtsschimmel mit Anforderungen zu *überfüttern*.

Die Mehrdeutigkeit ist ein weiteres Problem bei der Verständlichkeit. Ein Wort ist zum Beispiel dann mehrdeutig, wenn es in der Gemeinsprache oder in der Fachsprache in unterschiedlicher Bedeutung gebraucht wird. Mehrdeutig wäre etwa eine Bemerkung über die „Rechtslastigkeit" dieses Plädoyers. Bei solchen Wörtern ist diejenige Bedeutung maßgeblich, die dem Sinnzusammenhang entspricht. Das Wort *Partei* kann sowohl die politische Partei als auch die Partei im Zivilprozess bezeichnen. Schon dies ist eine Wortauslegung. Einen Sonderfall stellt der französische Terminus *chancelier* dar. Während die männliche Form völlig unverdächtig ist (zu deutsch *Kanzler*), kommt als Wiedergabe für die weibliche Form *chancelière* in umgangssprachlichen Texten zusätzlich *Wärmsack* in Frage.

Ein stationäres Gerät zur Geschwindigkeitsüberwachung im Straßenverkehr heißt in der Gemeinsprache *Starenkasten*, knapp und für jedermann aus dem Kontext heraus eindeutig. Doch unsere Amtsschimmel bringen wohl keine 10 Pferde zu dieser simplen Wortwahl. Kommt sich der Amtsschimmel beim Gebrauch dieses Wortes zu unamtlich vor?

Wie zu bemerken, ist mit der deutschen Rechtssprache einem hohen Tier der Einzug in die Amtsstuben und Privatwohnungen gelungen: dem Amtsschimmel. Verzeihen Sie, wenn wir hier vehement auf verständlicher Kommunikation herumreiten! Von morgens bis abends dringen staatliche Rechtsnormen in unser Leben ein: Kennzeichnungsregeln für Lebensmittel genauso wie Verkehrsregeln bei der Autofahrt, Allgemeine Geschäftsbedingungen bei Kaufverträgen, arbeitsrechtliche Regelungen und vieles mehr. Die Dekodierung der Rechtssprache bleibt jedoch oft allein Juristen vorbehalten, denen das ganz recht sein kann.

Mehrsprachige Terminologie für die juristische Fachkommunikation ist außerdem ein sehr teures Gut. Und das in jeder Hinsicht! Auch Rechtsterminologie muss teuer erworben werden. Angesichts hunderttausender genormter deutscher Benennungen mit ihren englischen und französischen Äquivalenten in tausenden Terminologienormen der Normungsinstitutionen DIN und CEN wäre ein kostenloser Zugang zu diesen Benennungen und Äquivalenzen ein Fortschritt auf dem Weg zu einer „verständlichen Verständigung" zwischen Staaten und Bürgern in einem globalisierten, vielsprachigen Europa. Es stellt sich daher eine Frage zurecht: Bleibt Informationsfreiheit ohne wirklich freien, also kostenlosen Informationszugang zu der genannten Dekodierung nicht eine Farce?

Die EU-Datenbank IATE ist ein guter Anfang für den freien Zugriff auf mehrsprachige Rechtsterminologie und vermeidet eine staatliche Diskriminierung von Bürgern mit weniger Mäusen. Obendrein halten wir zugute: Einem geschenkten Gaul schaut man nicht ins Maul.

Aber auch in Deutschland kommt etwas in Bewegung. Anders als die deutschen Ministerien hat sich der Sprachendienst des Parlaments in Berlin mit einer terminologischen Sammlung über das Internet an die Öffentlichkeit gewagt und erfüllt damit den staatlichen Informationsauftrag. Der Deutsche Bundestag bietet der Öffentlichkeit auf seiner Webseite (2008) neben einem deutschen Glossar und Schlagwortregister Zugriff auf eine stattliche, staatliche Terminologiedatenbank mit Einträgen aus den Gebieten Politik, Recht, Wirtschaft, Umwelt (und aus dem Tierschutz) in Deutsch, Englisch und Französisch.

Mit dem mehrsprachigen Verzeichnis haben unsere Parlamentarier in Berlin einen weiten „Hammelsprung" nach vorne gemacht. Als Erste. Bleibt nur noch zu wünschen, dass sich bald Ministerien und andere Dienststellen anschließen. Die Rechtssicherheit und die Vorwerfbarkeit von Handlungen setzen nach gesundem Rechtsempfinden nämlich gerade dort gründliche Informationen durch den Staat voraus, wo Unwissenheit nicht vor Strafe schützt.

Unter die Erfüllung der Aufklärungspflicht fallen auch einsprachige Datenbanken wie das große Lexikon der Innenpolitik des Bundesinnenministeriums im Internet. Ein vorzügliches Nachschlagewerk, wenn dem Redakteur oder Übersetzer gerade mal die Definitionen schwer abgrenzbarer Termini entfallen sind, wie beispielsweise für *Aufenthaltsbefugnis, Aufenthaltsberechtigung* und *Aufenthaltsbewilligung, Aufenthaltserlaubnis* und *Aufenthaltsgenehmigung.*

Eine gute Qualität der Gesetze in punkto Allgemeinverständlichkeit stärkt die Akzeptanz der Regelungen und die Achtung vor dem Staat. Ein wichtiges Hilfsmittel dafür ist das juristische Informationssystem *Juris.* Das gesamte Bundesrecht ist damit online abrufbar.

Damit kommen wir zum Bundesjustizministerium. Es hat die Qualität der Gesetzentwürfe der Bundesregierung sicherzustellen. Es prüft die Rechtsförmlichkeit und die Einheitlichkeit der Gesetzessprache gemäß § 46 der Gemeinsamen Geschäftsordnung der Bundesregierung. Ist das Justizministerium deshalb das beste Pferd im Stall? Wohl kaum. Soweit es um die Allgemeinverständlichkeit geht, hat man mit dieser Zuständigkeit hochrangiger Rechtsexperten eher den Bock zum Gärtner gemacht.

Die Gemeinsame Geschäftsordnung der deutschen Ministerien sieht in § 35 Abs. 1 vor, dass Vorschriftentexte soweit wie möglich für jeden verständlich sein sollen. Leider lässt diese Formulierung einen großen Interpretationsspielraum. Auf der anderen Seite darf die Allgemeinverständlichkeit nicht auf Kosten der Präzision erreicht werden. Ein schmaler Pfad also, auf dem sich die Verantwortlichen zu bewegen haben.

Dem Bundestag steht ein Redaktionsstab der Gesellschaft für Deutsche Sprache (anfangs mit zwei halben Stellen) zur Verfügung. Er gibt Auskunft und Rat zu Fragen der Wortwahl und Bedeutung, der Textgestaltung, Rechtschreibung und Zeichensetzung. Das Büro fristete jahrelang eher eine Art Dornröschendasein. Durch die Initiative der Bundestagsabgeordneten Ole Schröder und Lothar Binding entstand das Projekt *Verständliche Gesetze* im Justizministerium, gemeinsam mit dem Redaktionsstab der Gesellschaft für deutsche Sprache (GfDS). Das Projekt zielt auf eine Verbesserung der Verständlichkeit von Gesetzen durch die Nutzung sprachwissenschaftlichen Sachverstands. Das Eingeständnis der Notwendigkeit fiel den Poltikern schwer. Am Ende schluckten sie dann doch die Kröte.

In diesem Modellprojekt gibt es einen fachlichen interdisziplinären Austausch, so wie ihn die Schweiz schon seit Jahren praktiziert. Leider stand die deutsche Projektleiterin (Germanistin und Juristin) im ersten Jahr als Beraterin allein, während in der Schweiz für diese Arbeit ein Gremium aus 15 Personen existiert.

Rechtsbereinigung ist ein anderes wichtiges Stichwort, wenn es um Verständlichkeit und einheitliche Terminologie geht. Im Jahr 2003 startete die Bundesregierung die *Initiative Bürokratieabbau* und entwickelte ein neues Konzept für eine regelmäßige Überprüfung des Normenbestands. Ausgangsbasis war ein Bestand von 2.066 Gesetzen und 3.051 Rechtsverordnungen mit insgesamt 85.000 Einzelnormen. Von 2003 bis März 2007 wurden über 800 Gesetze und Verordnungen aufgehoben. Zur Rechtsbereinigung gehört auch die Anpassung oder Aufhebung der vorkonstitutionellen Terminologie. Das ist beispielsweise da notwendig, wo *Reichsminister* oder andere hohe Tiere des Reichs dem Wortlaut nach heute noch Befugnisse besitzen. Mit diesem Bürokratieabbau wurde dem Amtsschimmel eine echte Rosskur verordnet.

Auf der Webseite *Regierung Online* konnte man im Jahre 2008 lesen: *„38 Bewerber beim Spitzencluster-Wettbewerb des BMBF am Start."* Bundesforschungsministerin Schavan: *„Cluster aus Wirtschaft und Wissenschaft stellen sich auf und fokussieren ihre Stärken ..."* Die Redakteure der Webseite *Regierung Online* sind leider keine Sprachexperten. Und wir kommen zu dem Schluss, dass ein Amtsschimmel bei weitem nicht immer „amtsstubenrein" ist.

Das Deutsche Forschungsinstitut für Öffentliche Verwaltung in Speyer hat 2007 mit dem Projekt *Bürgernahe Verwaltungssprache* von sich hören gemacht. Für einen Feldversuch wurden 6.000 Textbausteine stilistisch und terminologisch so umgeschrieben, dass sie auch für nicht verbeamtete Bürger verständlich sind. Diese Verständlichkeit kann eben Mehrarbeit mit sich bringen. So heißt es schon in einem Bonmot Goethes: *"Ich hatte keine Zeit, einen kurzen Brief zu schreiben; deswegen schreibe ich einen langen".*

Mit Behördenschreiben verhält es sich ähnlich. Das hat auch das Germanistische Institut der Universität Bochum erkannt. Dort half man mit einer Initiative, um das Amtsdeutsch auszurotten, indem verquaste Behördenbriefe umformuliert werden. Auf einer eigenen Datenbank wird interessierten Kommunen gegen ein nur geringes Entgelt ein Internetdienst für eine moderne Amtssprache angeboten. Da werden dann aus einem

„beitragsfähigen Aufwand" die *Höhe des Beitrags*, aus *Vergaserkraftstoff* schlicht *Benzin* und aus *Aktenlage* werden *Unterlagen*. Aus einem *Eignungsfeststellungsverfahren* ganz schlicht ein *Eignungstest*.

Beim Gebrauch spezifischer Terminologie aus dem EU-Recht ist der Europäische Gerichtshof unter den EU-Organen sozusagen das letzte Glied in der Verwertungskette. Beim EuGH werden glücklicherweise aus *Begründungserwägungen* seit 2007 *Erwägungsgründe*, so wie an den deutschen Gerichten sprachüblich. Ist das ein Hoffnungsschimmer für die Harmonisierung der Terminologie? Oder bloß Kleckern statt Klotzen auf dem langen Marsch zur verständlichen Kommunikation zwischen den Fachleuten und den Endverbrauchern?

Diese Betrachtung zeigt zwar, dass bereits Heilverfahren für eine verständlichere Kommunikation zum Einsatz kommen. Aber für eine wirklich bürgernahe Sprache bedarf es, ohne die Pferde scheu zu machen, einer Reihe strenger Rosskuren. Das Bürgerrecht auf eine verständliche Amtssprache ist schließlich höher zu bewerten als der Artenschutz für Amtsschimmel und Bürohengste.

Wir halten fest: *Alle Sprachgewalt geht vom Volke aus* – vor allem bei der Verballhornung hoher Tiere und ihrer Sprache. Der *Amtsschimmel*, auf dem wir so gerne herumreiten, ist übrigens gar kein Pferd. Ebenso wenig stammt dieses Symbol der Bürokratiemisere vom Schimmelpilz, der sich auf alten Akten absetzt, sondern vom lateinischen *Simile* für *Vordruck*, also vom vorgedruckten Musterentscheid, nach dem sich österreichische Kanzleien richteten. Der nicht lateinisch sprechende Volksmund hat daraus den Amtsschimmel gemacht. Diese Deutung ist jedenfalls wahrscheinlicher als der Bezug auf den eidgenössischen reitenden Boten, der Akten auf dem Amtsschimmel von Behörde zu Behörde beförderte.

„Satire ist Humor, der ernst genommen werden will." (Werner Mitsch) Doch bevor die Pferde mit mir durchgehen und ich hier weitere, weniger hohe Tiere der Behördenhierarchie vor das schwere Ross spanne (ganz gleich, ob nun Heringe, Klammeraffen, Reißwölfe oder den Kuckuck) und mir das Wort entzogen wird, bringe ich mein Plädoyer lieber zu Ende. Denn wer *mundtot* gemacht wird, der wird nicht bloß zum Schweigen verurteilt: Er wird, etymologisch betrachtet, entmündigt, er wird also zum *Mündel*, denn *Mund* bedeutet neuhochdeutsch soviel wie *Schutz* oder *Vormundschaft*.

Daher schließen wir, lieber Leser, die Ausführungen, nicht jedoch ohne Sie vorher ordentlich oder, amtsdeutsch gesagt, ordnungsgemäß zu belehren. Mit der *Rechtsbehelfsbelehrung*: Gegen dieses Plädoyer ist der Widerspruch zulässig. Er ist innerhalb einer Frist von vier Wochen nach Kauf des Buches schriftlich oder mündlich zur Niederschrift einzureichen, beim Verlag oder bei Ihrer Buchhandlung.

Homo Sapiens Erster Klasse

Sie leben ein Leben in anderer Welt.
Sie leben den Traum, der andern gefällt
Die Schönen und die Reichen.
Mit Schmach vor der Linse, die sie doch bereichert
Wenn Zeitschrift und Fernsehen nach ihnen geifert
In der Schonung für ihresgleichen.

Börse, Börse in der Hand
Wer ist der Reichste im Märchenland?
Hier gibt es noch so was wie Wunder und Zeichen.
Gerüchteküche kocht Nahrung für Massen
Schlagzeilen sorgen für klingende Kassen
Hunger der Bürger stillt Appetit der Reichen.

Beißendes Blitzlicht und bohrende Fragen
Können die „Armen" nicht länger ertragen.
Steuer-Fluchtfahrzeug Formel 1.
Europas Hohlräume Sportstars nützen
Filmstars, Super-Models, Bosse schützen.
Manches Model ist gar keins.

Wie leiden die Stars am hohen Ast
Depressionen schmerzhafter Luxus-Last
Therapiert in der Mode-Gasse.
Das hohe Gesellschaftsspiel heißt und hieß
Gelobt sei das Steuer-Paradies
Abschreibung „Wahl-Monegasse".

Respekt und Applaus vom einfachen Volk
„Prinzess vor der Linse " hat reichlich Erfolg
Selbst preußische *„Adler"* erweichen.
Alt-Monegassen auf teurem Pflaster
Steuern den Zutritt und pflegen das Laster
Ominöser Schonung der Reichen.

Juristische Navigation ist Spitze
Entdeckt man günstige Steuerland-Sitze
Interpretations-Akrobaten.
Herkunft und Dankbarkeit schwächer notiert
Heimatgefühl an der Börse verliert.
Imitations-Korrelaten.

Subventionierte Emigration der Reichen
Hinterlässt eine Heimat fiskalischer Leichen
Einen Standort gähnender Kasse.
Und in den Steuer-Oasen der Reichen
Trinkt lächelnd auf's Wohl von Scheichen
Homo Sapiens Erster Klasse.

Der *Homo Animalis*

Ein einflussreicher Kirchenschriftsteller namens Wilhelm von Saint-Thierry schlug im Jahre 1690 in einem Brief an die Karthäuser von Mont-Dieu als eine Ermutigung und zum Trost einen Weg in drei Etappen zur Gemeinschaft mit Gott vor. Es gehe darum, von dem tierischen Menschen („homo animalis") zunächst zu dem vernunftbegabten Menschen („homo rationalis") und schließlich zum geistlichen Menschen („homo spiritualis") zu gelangen.

Einiges deutet allerdings darauf hin, dass der Mensch die erste Stufe, die des Homo animalis, niemals überwunden hat. In dieselbe Richtung gehen Überlegungen des deutschen Philosophen Arthur Schopenhauer (1788 – 1860):

Schopenhauer schätzte die durchschnittlichen Exemplare der Zweifüßler, wie er die Menschen bisweilen grimmig nannte, weniger als manche klugen Tiere. Der altertümlich gekleidete philosophische Eremit machte täglich einen Spaziergang, begleitet von seinem Hund. Wenn ihn sein Pudel ärgerte, schimpfte er ihn „Du Mensch!". Es gibt häufige Tiervergleiche von Schopenhauer, denn für ihn gehört der Mensch zum Tierreich. Für ihn war der Mensch ein Tier, bei dem die Intelligenz lediglich den Mangel an Instinkten ausgleicht.

Den menschlichen Geselligkeitstrieb etwa illustrierte er am Beispiel der Stachelschweine, die sich an kalten Wintertagen zusammendrängen, um sich zu wärmen. Von den Stacheln immer wieder auseinandergetrieben, werden sie zwischen zwei Welten hin- und hergeworfen. So auch der Mensch. Er sucht Gesellschaft und wird von ihr geplagt. Deshalb rät Schopenhauer zur Halbdistanz. Der Unterschied zum Tier liegt laut Schopenhauer in der Bosheit. Zur Grausamkeit, zu Betrug, Neid und Übelwollen jeder Art brauche es Verstand. Und so zitiert er gerne Goethes Mephisto: „Er nennt's Vernunft und braucht's allein, nur tierischer als jedes Tier zu sein." [16]

In seinem Werk über die „Methaphysik der Geschlechtsliebe" schilderte Arthur Schopenhauer auch die Blamagen des Geistes bei der Kollision mit den Trieben und Umtrieben des Körpers. Dem Bewusstsein stellt sich der biologische Fortpflanzungstrieb als seelisches Verlangen und Verliebtheit dar. Die Genitalien suchen sich, und die Seelen glauben sich zu finden. Die postkoitale Depression deutete der Philosoph als die Desillusionierung der Seele, die sich irgendwie doch mehr von der Sache versprochen hat. [17]

Schon wenn sich eine kleine Spinne in seine Wohnung verirrt, reagiert Homo sapiens mörderisch. Er gibt eine Ladung Spray auf das unschuldige Tierchen. Eine Ameise wird eher beiläufig zertreten, um ihr Leben auszulöschen. Das Tierchen hat sich bei der Nahrungssuche verirrt und muss plötzlich grausam sein Leben lassen. Was passierte, wenn Tiere eine solche Phobie an den Tag legten und Ihresgleichen auslöschten? Oder gar uns, weil wir ihnen in die Quere kommen. Nein, das bringt nur der sog. Homo sapiens fertig, oder, passender ausgedrückt, der Homo animalis. Lebewesen töten gemeinhin in der Absicht, zu essen. Nicht so der Mensch. Er tötet andere Lebewesen, weil er sie als störend empfindet, und das gleich massenhaft. Aus diesem Blickwinkel ist der Mensch in der Hierarchie der Lebewesen ganz unten einzuordnen. Die Bezeichnung Homo animalis statt Homo sapiens ist daher völlig angebracht.

Die Entwicklungsgeschichte des Homo sapiens, pardon, des Homo animalis, beträgt mehrere Millionen Jahre. Vor mehr als 1,5 Millionen Jahren trat der Homo erectus auf die Bühne, danach kamen Homo heidelbergensis (vor 500.000 Jahren), Homo erectus florensis und Homo neandertalensis. Vorläufiges Schlusslicht bildet offiziell der sog. Homo sapiens. Forscher wie der US-Genetiker und Anthropologe Spencer Wells gehen davon aus, dass wir alle von einer Population abstammen, die nicht mehr als 600 Homo sapiens umfasste. Die Menschen von heute sind zu 99,9 Prozent gleich. Auch wenn wir unterschiedlich aussehen. Trotz verschiedener Hautfarben. Als man damals in der ersten Hälfte des 19. Jahrhunderts Überreste des Neandertalers in Europa fand, war neben der Aufregung auch die Scham groß. Von einem derart affenähnlichen Wesen sollen wir abstammen? Und das als die Krone der Schöpfung! Der Neandertaler, der den Homo sapiens tatsächlich getroffen haben könnte, bevölkerte etwa 400.000 Jahre lang die Erde. Uns aber gibt es erst seit 200.000 Jahren. Dass wir erfolgreicher sind, müssen wir also erst beweisen.

Viele Wissenschaftler glauben an den großen Homo sapiens, den einsichtsfähigen, weisen Menschen. Die Bezeichnung *Homo sapiens* wurde 1758 durch den Schweden Carl von Linné in seinem Werk über die biologische Systematik geprägt. Der *Homo sapiens* ist ein Hohes Tier, und zwar ein höheres Säugetier aus der Ordnung der Primaten (lat. *Primates*). Innerhalb der Primaten gehören wir zur Unterordnung der Trockennasenaffen (lat. *Haplorrhini*) und hier zur Familie der Menschenaffen (lat. *Hominidae*). Innerhalb der Familie Menschenaffen gibt es die Gattung Schimpanse, die Gattung Gorilla und die Gattung *Homo* (Mensch). Zu dieser Gattung *Homo* gehören die Arten *homo erectus*, *homo heidelbergensis*, *homo neanderthalensis* sowie als die einzige bis heute überlebende Art den *Homo sapiens*.

Nach neuerer Ansicht amerikanischer Forscher ist der Schimpanse (ein Menschenaffe) vom Erbgut her eher unserer Gattung *Homo* (Mensch) zuzurechnen. Genetische Untersuchungen haben nämlich ergeben, dass sich der Mensch und sein behaarter Verwandter nur ganz marginal unterscheiden. Genetiker um Derek Wildman von der Wayne State University in Detroit kommen zu der Schlussfolgerung aufgrund der Analyse von 97 Genen: Gewisse Teile des Erbguts von Mensch und Schimpanse stimmen zu 99,4 Prozent überein. Ihre Evolutionslinien haben sich vor etwa 5 Millionen Jahren getrennt. [18]

Der Mensch hält sich für das intelligenteste Lebewesen. Fraglich ist dabei, wie man Intelligenz definiert. Delphine, Krähen, Schimpansen und andere verfügen über Fähigkeiten, die den Menschen in den Schatten stellen. Die Schimpansen beispielsweise besitzen eine Art fotografisches Gedächtnis, wie Forscher in Japan herausgefunden haben. Das erlaubt ihnen das gleichzeitige Erkennen und Memorisieren mehrerer Gegenstände selbst dann, wenn sie diese nur den Bruchteil einer Sekunde gesehen haben. Versuche an Sensorbildschirmen haben ihre haushohe Überlegenheit bewiesen.

Jüngste Forschungsergebnisse von Kognitionspsychologen deuten darauf hin, dass Affen, so wie Menschen, über ein Verständnis der eigenen Taturheberschaft verfügen. Die Selbsterkennung und das Selbstbewusstsein wurden lange als exklusiv menschliche Wesensmerkmale gehandelt. Über den Menschenaffen hinaus gibt es bei Delfinen und Elefanten

Hinweise auf Selbstbewusstsein, das als entscheidende Voraussetzung zur Entwicklung von Mitgefühl gilt. [19]

Hunde haben einen bis zu 30 Mal stärkeren Geruchssinn als Menschen. Damit können sie nicht nur Kokain im Kotflügel eines Autos entdecken. Eine Labradorhündin im japanischen „Cancer-Sniffing Dog Training Center" in Chiba soll in der Lage sein, Darmkrebs im Stuhl von Menschen mit 98-prozentiger Sicherheit zu erschnüffeln. Wie die Trainer im Fachjournal *Gut* betonen, findet die Hündin den Krebs auch im Frühstadium, wenn der ärztliche Hämokkulttest in neun von zehn Fällen versagt. [20]

Beobachtungen im Kibale-Nationalpark in Uganda bestätigen recht ähnliche Forschungsergebnisse, wonach es auch unter Affenkindern ein geschlechtstypisches Spielverhalten gibt. Affenmädchen hegen eine Begeisterung für Puppen, während die Affenjungen kämpferische Spiele bevorzugen. Von Affen, welche in Gefangenschaft leben, kennt man geschlechtsspezifische Spiele schon länger. Diese Parallele zum Menschen bestätigt die jahrelang angezweifelte Annahme, dass das geschlechtsspezifische Spielverhalten von Kindern auch eine biologische Grundlage hat. [21]

Lange Zeit war der Begriff Freundschaft unter Biologen tabu. Über unterschiedliche Persönlichkeiten oder die Tatsache, dass manche Affen-Individuen häufiger gegenseitige Nähe suchten als andere, redeten sie nur hinter vorgehaltener Hand. Erst der Primatologe Frans de Waal, Direktor am Yerkes Primatenzentrum in Atlanta, bereitete der Geziertheit ein Ende. Die Gefahr, dass ihm Fachkollegen Vermenschlichung vorwarfen, ging de Waal bewusst ein, als er seine Untersuchungsobjekte als Diplomaten, Philosophen oder gar Mörder bezeichnete. Doch ihm erschienen solche Kategorien angemessen, das Verhalten der Schimpansen zu beschreiben. Immer wieder schließen sich Einzelne zum Tandem oder zur kleinen Fraktion zusammen, um größere Tiere zu verjagen, sich den Zugang zu Weibchen zu sichern oder den obersten Platz in der Rangordnung zu besetzen. Bei Pavianen etwa verbündet sich ein Weibchen regelmäßig mit einem Männchen. Es schützt sich so vor Belästigungen durch zumeist ranghohe Männchen, die es auf ihre Kinder abgesehen haben. Das Weibchen kann so ohne die permanente Angst leben, überfallen zu werden. Im Gegenzug gewährt es seinem Beschützer Sex. Ist das Freundschaft oder das gegenseitige Einräumen von Vorteilen? [22]

Freundschaft ist ein Konzept aus dem Humanbereich, sagen die Einen. Manche Evolutionsbiologen glauben, dass nicht Egoismus die Lebewesen antreibt, sondern der Wunsch nach Kooperation. Freundschaften zwischen Tieren seien an der Tagesordnung. Wildpferde etwa erkennen sich persönlich und pflegen teils lange während persönliche Beziehungen. Beobachtungen einer Population in Neuseeland zeigen: Im Freundeskreis eingebundene Stuten bringen öfter Fohlen zur Welt und vermögen die Jungtiere häufiger großzuziehen. Homosexualität wird als weiterer Beleg für diese These angeführt. Wieso eigentlich sollten Lebewesen ihre Energie mit einer Aktivität verschwenden, die keine Gene verbreiten kann? Hunderte Spezies pflegen homosexuelle Kontakte. Der Grund dafür ist einfach: Sie pflegen ihre Beziehungen. „Die Tiere benutzen ihre Genitalien für einen sozial maßgeblichen Zweck", erklärt Joan Roughgarden von der Universität Stanford. Sex diene also nicht nur der Weitergabe der Gene, sondern dazu, die Freundschaft zu festigen. [23]

In der Verkehrsforschung sind Tierschwärme ein Vorbild, um den Verkehr effektiver zu lenken. Eine wichtige Erkenntnis lautet: Ameisen sind selbstlos, sie orientieren sich an den Langsamen, und wer stehen bleiben muss, tritt zur Seite. Menschen dagegen machen einfach zu viele Fehler. Sie fahren zum Beispiel zu dicht auf. Sind sie dann einen Moment lang unaufmerksam, müssen sie scharf bremsen, was einen Stau auslösen kann. Während der unaufmerksame Fahrer kurz langsamer wird, muss der Lenker des nachfahrenden Autos schon deutlich bremsen, der nächste noch stärker usw., und schon ist es passiert. [24]

Wie sieht es mit der physischen Ähnlichkeit aus? Die Biologin Nadja Schilling hat herausgefunden, dass die Rückenmuskeln des Menschen verblüffend ähnlich aufgebaut sind wie die der Menschenaffen. „Wir haben verglichen und verglichen", beschreibt Schilling ihre Arbeit, „und mussten feststellen: Es gibt so gut wie keine Unterschiede." Seit unsere Vorfahren, kaum 1,40 Meter groß, vor 6 Millionen Jahren den aufrechten Gang erlernten, gab es offenbar nicht die geringste Veranlassung, dessen Rückenkonstruktion zu verändern. Diese Erkenntnis passt so gar nicht zu der Geschichte, die Evolutionsmediziner in die Welt gesetzt haben. Der Rücken des Menschen, so behaupteten sie immer sehr nachdrücklich, sei eine Fehlkonstruktion der Evolution. Der Rücken sei ursprünglich für die Fortbewegung auf vier Beinen entstanden und folglich für das Fortbewegen auf nur zwei Beinen denkbar schlecht geeignet. Warum sonst litten Menschen heute ständig unter Rückenschmerzen? Die wahre Antwort lautet jedoch: Sie haben Rückenschmerzen, weil sie sich viel zu wenig bewegen. [25]

Irgendwann verloren unsere Urahnen ihr Fell und bekamen eine nackte Haut voller Schweißdrüsen. Vor allem in der Mittagshitze können Menschen deshalb länger und ausdauernder laufen als fast alle anderen Lebewesen. Das Langstreckentalent war einst gut für die Hetzjagd. Auch heute noch hetzen Buschleute im südlichen Afrika Antilopen durch die heiße Savanne, bis diese vor Überhitzung kollabieren und mit dem Speer erlegt werden. Formen der Hetzjagd könnten entscheidend gewesen sein für den Siegeszug, den der Homo sapiens vor 60.000 Jahren von Afrika aus um die ganze Welt angetreten hat, so vermutet der US-Anthropologe David Carrier. Die Jäger und ihre Sippen gelangten nämlich auf einmal an große Fleischmengen, die sie gierig verschlangen. Die gute Versorgung mit tierischen Proteinen wiederum war eine Voraussetzung dafür, dass unsere Vorfahren überhaupt ein großes Gehirn entwickeln konnten. Auch die heutigen Menschen sind geborene Läufer, die vom Körperbau her eigentlich jeden Tag dreißig Kilometer rennen müssten – aber in den Industriestaaten an vielen Tagen nicht mal ein paar hundert Meter weit gehen. So erklärt sich auch der Rückgang des Knochenumfangs und der Muskulatur in den letzten fünftausend Jahren. Alles zusammen genommen führt zu den weit verbreiteten Rückenschmerzen als moderner Zivilisationskrankheit. Viele Menschen muten dem Bewegungsapparat eine Untätigkeit zu, für die er nicht geschaffen ist. [26]

Zurück zum Charakterlichen. Lügen ist offenbar angeboren. Es ist also eine genetische Erblast. Menschenaffen können das nämlich auch. Schimpansenmännchen halten, wenn sie in Gegenwart eines ranghöheren Kumpels um die Gunst eines Weibchens betteln, die Hand vor ihren erigierten Penis. Dies tun sie so, dass er dem Boss verborgen bleibt, das Weibchen ihn aber sehen kann. Darf man das als Lüge werten? Der Gorilla Michael, auf Gebärdensprache trainiert, zerriss einmal die Jacke seiner

Lehrerin. Sie fragte ihn: „Wer war das?" Michael gestikulierte „Koko" – seine Käfiggenossin. Die Lehrerin hakte nach. Michael probierte es mit noch einem anderen Namen; aber am Ende, als sie nicht nachließ, da beichtete er dann doch: „Mike". [27]

Das ist eine bewusste Täuschung. Auch jenseits solcher Experimente zeigt sich, dass jedenfalls die allernächsten Verwandten des Homo sapiens die Finessen des Vertuschens beherrschen. Demnach sitzt das Talent zur Lüge dem Homo sapiens seit Urzeiten in den Genen. Die Sprache hat geholfen, es zu perfektionieren. Zwar gibt der Mensch zumindest vor, die Wahrheit zu lieben, aber er mag sich nicht immer daran halten. Diese Neigung wohnt ihm inne, er kann nicht anders. Jeder lügt. Politiker geben falsche Ehrenworte, Schriftsteller verkaufen Plagiate als ihr Werk, Manager beschönigen Bilanzen, Frauen geben bevorzugt falsches Zeugnis über ihre Lust im Bett, Männer über die Tiefe ihrer Gefühle für die Frau in ihrem Bett. [28]

Im Schnitt zweimal täglich, so heißt es, verdrehe jeder Mensch die Wahrheit oder auch in zwei von drei Gesprächen, die mindestens zehn Minuten dauern. Irgendwie fand sogar die knallige Zahl von 200 Lügen pro Tag und Erdenbürger Eingang in die Populärliteratur – so oft zitiert und nachgeplappert, bis kaum noch jemandem auffiel, dass es hierfür keinen einzigen Beleg gibt. [29]

Wie sieht es mit der Selbstlosigkeit aus? Zeichnen Selbstlosigkeit und Hilfsbereitschaft die Spezies Homo animalis aus? Im Tierreich gibt es viele Beispiele scheinbarer Selbstlosigkeit: Bei Heckenbraunellen, Florida-Buschhähern und anderen Vogelarten werden Brutpaare von Helfer-Vögeln unterstützt, die mit ihnen eng verwandt sind. Japanmakaken lausen häufiger Artgenossen, die zu ihrer Sippe gehören. Der Vorteil dabei liegt in der Verbreitung der arteigenen Erbanlagen. Dass man eher Verwandten hilft, gilt vielen Biologen zufolge auch für den Menschen. [30]

Mit Tausenden verhaltensspielerischen Experimenten haben Biologen und Ökonomen einem großen Rätsel der Soziobiologie nachgespürt: Wie kann es sein, dass es unter Menschen so etwas wie Altruismus gibt, während im evolutionären Überlebenskampf doch eigentlich Eigennutz und Egoismus gefragt sind? Nach den Ergebnissen gibt es zwar keine reine Nächstenliebe, aber selbstloses Handeln mit einem indirekten Nutzen. Es mehrt das Ansehen in der Gruppe, wodurch Vorteile erwachsen. Im Max-Planck-Institut für Evolutionsbiologie wird das so auf den Punkt gebracht: „Dass der Mensch von Natur aus gut ist, das können wir nicht erkennen – es sei denn, der gute Ruf steht auf dem Spiel."

So haben sich der Microsoft-Gründer Bill Gates und seine Frau Melinda sowie der Investor Warren Buffet feiern lassen, nachdem sie sich medienwirksam verpflichteten, mindestens die Hälfte ihrer riesigen Vermögen für wohltätige Zwecke zu spenden. Im Dezember 2010 verkündete der umstrittene Facebook-Gründer Mark Zuckerberg, es ihnen gleichzutun. Das Geld soll zwar erst in der Zukunft fließen, vielleicht sogar erst nach Zuckerbergs Tod; aber den Imagegewinn verbucht der 26 Jahre alte Milliardär schon heute: Wenige Tage nach seiner Ankündigung hat ihn das Magazin „Time" zum Mann des Jahres gekürt. [31]

Auch Martin Nowak von der Harvard University ist davon überzeugt, dass Selbstlosigkeit eine Art Statussymbol darstellt, das es zu wahren gilt. Aus diesem Grunde seien Menschen zunächst einmal nett zueinander. Der Biochemiker analysiert: „Niemals kann ich mir sicher sein, dass eine Wechselwirkung mit einem Fremden völlig anonym bleibt. Deshalb spüren wir intuitiv: Wir sollten uns stets so verhalten, dass unsere Reputation gewahrt oder verbessert wird." Nowak geht noch weiter: Die ständige Sorge um den Leumund und die daraus folgende Fähigkeit zur Kooperation seien sogar entscheidend gewesen für die Evolution des Menschen. So entwirft der Wissenschaftler in seinem 2011 erschienenen Buch ein neues Bild der Evolution: Neben zufälligen Mutationen (die neuartige Gene entstehen lassen) und der natürlichen Selektion (die über den Fortpflanzungserfolg entscheidet), führt Nowak einen dritten Mechanismus in den Evolutionsprozess ein: „Man braucht Kooperation, um von einfachen zu komplizierten Organismen aufzusteigen", sagt Nowak. „Von Einzellern zu Vielzellern, von Vielzellern zu Menschen." [32]

Empathie war das Schlüsselwort des zitierten Philosophen Arthur Schopenhauer als ein Verfechter der Tierrechte. Im Jahre 1840 formulierte er ein philosophisches Konzept, indem er forderte, Tiere wie Menschen zu behandeln. Bei allen Unterschieden, wie zum Beispiel der Vernunftbegabung des Menschen, zeichne eine Eigenschaft beide gleichermaßen aus: die Fähigkeit zu leiden. Wer um das Leiden weiß, darf kein Tier töten, schon gar nicht industriell und in Massen. Den Haustieren gestehen wir Leidensfähigkeit zu, aber den Gedanken an die Leidensfähigkeit der Nutztiere verdrängen wir. Dabei haben wir mehr mit Tieren gemeinsam als uns recht ist, war Schopenhauer überzeugt. Unbewusst blenden wir diese Gemeinsamkeiten aus, indem wir begrifflich sauber auftrennen: Wir sind schwanger, Kühe sind trächtig. Wir essen, Kühe fressen. Wir werden zum Leichnam, Kühe zum Kadaver. Sprache als Technik, um unser Wissen über das Unrecht, das wir Tieren antun, zu verdrängen. [33]

Apropos Sprache: Wie befremdlich die Terminologie ist, zeigt das Beispiel der Schweineforschung. Da ist von „Produktionszyklen" die Rede, von einer „terminorientierten Besamung" sowie von einer „Uteruskapazität" und „Geburtensynchronisation".

Primaten können Emotionen ihrer Artgenossen deuten. Schimpansen leiden mit, wenn sie im Fernsehen Bilder von gequälten Schimpansen sehen. Rhesusaffen, denen man eine Belohnung anbot, wenn sie anderen Rhesusaffen Elektroschocks versetzten, lehnten die Nahrung ab. Wie der Mensch unter gleichen Bedingungen reagierte, weiß man nicht. [34]

Der amerikanische Psychologe Russell Church hat bereits 1959 bei einem Versuch festgestellt, dass sogar Ratten das Leid von anderen Ratten begreifen können. Church brachte den Ratten bei, einen Hebel zu drücken, um an Futter zu kommen. Jedes Mal, wenn eine Ratte den Hebel betätigte, wurde einer anderen Ratte ein Stromschlag versetzt. Sie wand sich dabei vor Schmerzen. Doch nach einer Weile weigerte sich die eine Ratte, den schmerzauslösenden Hebel zu drücken. Sie konnte den Schmerz der anderen Ratte mitempfinden.

Die Tierforschung hat in den letzten Jahren offengelegt, dass auch Fische Schmerzen bewusst wahrnehmen und unter ihnen leiden. Zum Leidwesen der Angelsportler. Es gibt die Forderung, sie mit Vögeln und Säugetieren auf eine Stufe zu stellen. Sportfischer glauben, der Haken im Maul tue Fischen nicht weh. Diese Beutetiere gelten als niedere Lebewesen. Gefühle wie bei Säugetieren oder Vögeln traute ihnen keiner zu. Rund um das Maul von Regenbogenforellen fand eine Zoologin der Pennsylvania State University jedoch mehr als 20 Schmerzrezeptoren – ironischerweise genau dort, wo sich der Haken der Petrijünger durchs Gewebe der Fische bohrt, die auf Nadelstiche, Hitze und Chemikalien reagieren. Nicht nur Ängste und Schmerzen, sogar Gefühle des Wohlbehagens trauen Gutachter den Wasserbewohnern zu: Immerhin lässt sich auch das oft als „Liebeshormon" bezeichnete Oxytocin im Fischorganismus nachweisen. [35]

Andere Forscher gehen gar noch weiter. Sie wollen sogar bei Wirbellosen eine Art Schmerzempfinden entdeckt haben. Ein womöglich noch differenzierteres Gefühlsleben ist besonders den Kraken zuzutrauen, den intelligentesten der Kopffüßer. Sie schaffen es oft schon nach kurzer Zeit, kindersichere Arzneimittelbehälter zu knacken, wenn sie wissen, dass Leckereien darin versteckt sind. Es gibt eine Menge Gründe, weshalb die Menschen nicht wollen, dass über Schmerz bei Wirbellosen nachgedacht wird. Hobbyfischer und Sportangler fürchten, dass Gesetze ihr einst grenzenloses Vergnügen an der Fischjagd weiter reglementieren könnten. Doch der Grausamkeitsverdacht richtet sich eher gegen die industrielle Hochseefischerei, angesichts der Riesenmengen von Fischen, die auf den Decks langsam ersticken. [36]

Schon Tolstoi war verzweifelt. „Wir sind keine Strauße", schrieb er 1892. Es sei doch unmöglich, den Kopf in den Sand zu stecken und „nicht sehen zu wollen, was wir essen". Dann berichtete er seinen Zeitgenossen aus dem Schlachthof. Dieselben Motive bewegen gut hundert Jahre später Autoren wie Jonathan Safran Foer und Karen Duve. Fernsehtalkrunden diskutieren, ob wir die Tötung eines Tiers ähnlich beurteilen sollen wie die eines Menschen. So sah es auch Leonardo da Vinci. Junge Menschen weigern sich „Leichenteile" zu essen. (Schon Voltaire sprach vom „Leichenfleisch".) Kantinen versuchen den Globus durch einen fleischfreien Donnerstag oder „meatless Monday" zu entlasten. Bereits Alexander von Humboldt wollte die Welternährung durch pflanzliche Kost sichern. Obwohl sich die Landwirtschaft genauso wie die Tierhaltung stark gewandelt haben, scheint der Kern der Argumente sonderbar konstant zu bleiben. Die Mensch-Tier-Grenze ist kulturell gemacht. [37]

In Deutschland werden jährlich rund 60 Millionen Säugetiere geschlachtet. Wie das technisch abläuft, weiß man vage. Damit möchten wir uns nicht beschäftigen. Der überwiegende Teil soziologischer Gewaltforschung widmet sich menschlicher Gewalt gegenüber anderen Menschen und auch Sachen, blendet die Gewalt gegenüber Tieren aber meist aus. Aus soziologischer Sicht ist das menschliche Handeln am Tier nicht selbstverständlich, sondern erklärungsbedürftig. Während Erwachsene die Gewalt gegenüber Tieren als solche vielfach gar nicht mehr erkennen, stellen Kinder bisweilen unbequeme Fragen. Manche Wissenschaftler sprechen von einem Übergangsritus: Erst indem es solche „Sentimentalitäten" hinter sich lässt, wird das Kind zum Mitglied der Erwachsenengesellschaft.[38]

Andererseits kann die Liebe zum Tier so weit gehen, dass der Besitzer neben einem menschenwürdigen Leben auch einen würdigen Tod für sein Tier anstrebt. Inzwischen gibt es 120 Tierfriedhöfe in der Hundesrepublik Deutschland. In Köln kostet das auf 4 Jahre angelegte „Hundereihengrab" 450 Euro, die Einäscherung 170 Euro (bis 20 Kilo). Auch eine Aufbahrung vor der Beisetzung wird angeboten. Selbst die katholische Kirche lockert langsam ihre Haltung im Umgang mit so ungelösten Fragen wie: „Wird die Auferstehung auch Tieren zuteil? Den Widerstand gegen Tierfriedhöfe hat sie aufgegeben.[39]

Auch Paulus stellt im Römerbrief 8 für die gesamte Schöpfung in Aussicht, die Erlösung des Leibes erfahren zu dürfen. Und diese findet vorzüglich im Himmel statt. Impulse gehen von der katholischen Kirche aber nicht aus, was die komplizierte Beziehung zwischen Tier und Mensch angeht. Einmal abgesehen von dem Hirtenbrief des weisen Vordenkers und Kölner Erzbischofs Meisner zu Pfingsten 2010, dessen zentraler Gedanke mit dem Satz zusammengefasst werden kann: „Ihr sollt sein wie die Kamele."[40]

In Asnières liegt ein idyllischer Friedhof. Ein typischer Pariser Friedhof, doch der erste seiner Art, denn es ist der erste Tierfriedhof der Erde. Seit 1899. Berühmtheiten liegen hier begraben: „Darius war eine großmütige Mieze von außergewöhnlicher Intelligenz", steht auf einem Marmorgrab. Auf einem anderen Stein mit dem Bild einer Frau, die einen schwarzen Pudel herzt, ist zu lesen: „Sophie, mein Baby, Du und Deine kleinen Schwestern haben das Kind ersetzt, das ich nie hatte." Ein paar Schritte weiter heißt es: „Schlaf, mein Liebling, Du warst die Freude meines Lebens." Der Gruß gilt Kiki, einem Äffchen. Zehntausende Tiere sind dort bestattet: Hunde, Katzen, Pferde, Meerschweinchen, Schafe, Papageien, Löwen und Fische. Manche Herrchen und Frauchen kommen täglich, um Blumen zu bringen oder den Marmor zu polieren. Eine schlichte Beerdigung kostet 800 Euro, mit einem aufwendigen Grabmal fallen bis zu 15.000 Euro an. Der Friedhofsdirektor bringt es auf den Punkt: „Anders als ein Mensch bleibt ein Tier immer ein Kind. Es enttäuscht einen nicht, verlässt einen nicht. Es gibt keine Brüche in dieser Beziehung." [41]

Seit einigen Jahren liegt das Interesse am Schicksal von wilden Tieren in Deutschland im Aufwärtstrend. Ein wenig auch durch den in Bayern weitgehend unerwünschten wilden Einwanderer Bruno wuchs ein Bewusstsein dafür, dass Wölfe, Lüche und Bären in Deutschland nicht notwenidigerweise ausgestorben sind. Doch ganz langsam kehren die Wildtiere zurück. Dazu gehört das Wisent. Kein anderes Tier in Europas Wäldern wird größer und schwerer: Ihre Länge beträgt bis zu 3 Meter, das Gewicht etwa 1 Tonne. Mit Mähne und Bart sehen die kraftvollen Rinder wild aus. 25 solcher Tiere wurden im sauerländischen Rothaargebirge wieder angesiedelt. Richard Prinz zu Sayn-Wittgenstein bot in seinen ausgedehnten Wäldereien Platz für das Urtier. Es klingt wie eine Ironie der Geschichte, was er der Zeitschrift „Country" zu Protokoll gab. Die Sache mit den Wisenten sei eigentlich aus Ärger über die damalige NRW-Umweltmunisterin Bärbel Höhn entstanden: „Die fing damit an, dass wir hier alles haben sollten – Luchs, Otter, am liebsten auch Wölfe. Um von dieser Schnapsidee abzulenken, haben wir gesagt: Dann lass uns doch Wisente ansiedeln."

Elche wandern von Polen aus ganz allein nach Deutschland ein. In Ostdeutschland, vor allem in der Lausitz, wurden in den letzten Jahren des öfteren Exemplare in freier Wildbahn gesichtet. Der Luchs ist schon zurück in deutschen Wäldern. Naturschützer haben die scheue Katze wieder angesiedelt. Schon 60 Tiere leben im Harz, im Bayrischen Wald und im Pfälzer Wald. Bruno, der vorläufig letzte Braunbär in Deutschland verspeiste Schafe und brach in Bienenstöcke ein. Man überlegte nicht lange: Jäger erlegten ihn einen Monat nach seiner Einwanderung aus Österreich.

Vor mehr als hundert Jahren haben Jäger den dato letzten freilebenden Wolf erschossen. Zwölf Jahre ist es nun her, dass ein Paar polnischer Wölfe in der sandigen und einsamen Heidelandschaft des

Truppenübungsplatzes Oberlausitz in Sachsen zusammenfand und Welpen aufzog. Bereits im Sommer 2011 schnürten wieder annähernd 90 Exemplare von „Canis lupus" durch Ostdeutschland: in den Ländern Sachsen, Brandenburg, Sachsen-Anhalt und Mecklenburg-Vorpommern. Das Bundesamt für Naturschutz hat ausgerechnet, dass Deutschland sogar 440 Rudeln Platz böte. Die Kirche sah im Wolf einst den Satan höchstpersönlich. Rotkäppchen sowie die sieben Geißlein brachten schon den kleinen Kindern bei, das Wildtier zu fürchten. Der Wolf war Ungeziefer, er wurde geschossen, vergiftet oder totgeschlagen. Hass und Hatz haben „Canis lupus" fast in ganz Mitteleuropa ausgerottet. Doch dieser Beutegreifer fällt gemeinhin keine Menschen an. Das tun allenfalls tollwütige oder angefütterte Tiere. Die Tollwut gilt als ausgerottet in Deutschland, und bisher war niemand so wahnsinnig, Wölfen ein Schüsselchen Schlachtfleisch vor die Haustür zu stellen. [42]

Wenn sich die Jäger bisher für ihr Tun rechtfertigen mussten, dann hieß es stets, dass sie den Job des Wolfes erledigen müssen, weil der eben nicht mehr da ist im deutschen Forst. Jetzt ist Isegrim zurückgekehrt und ein Waidmann will nicht auf Schalenwildabschüsse verzichten müssen, nur damit der Wolf gehegt und gepflegt wird. Die beleidigten Jäger werfen den Wolfsschützern vor, dass sie das Raubtier zum Kuscheltier verklären. Für Kritiker bedeutet diese Wiederkehr des Beutejägers einen Rückschritt in der Zivilisationsgeschichte. Der Mensch habe die Natur gebändigt. Und nun soll man sich plötzlich wieder den Wald mit einem Raubtier teilen? Ein Wolfsrudel vertilgt, so das Ergebnis einer Studie, etwa ein Reh täglich. Hinzu kommen zwei Sauen und ein Stück Rotwild pro Woche. Menschen jedoch erlegen auf der gleichen Fläche, 100 Hektar, doppelt so viele Hirsche und viermal soviele Wildschweine wie der Wolf. [43]

Naturschützer nutzen den Wolf als eine Art Panda Europas, ein Wappentier. Er repräsentiere die Rückkehr der Wildnis, die letzte Chance, die klaffende Wunde zu heilen, die das grausamste aller Tiere, der „Homo sapiens", der Natur zugefügt hat. Endlich stehe der Graupelz wieder an seinem angestammten Platz an der Spitze der Nahrungskette. Das Ökosystem Wald, hofft man, kehrt damit wieder in seinen Urzustand zurück. Es wäre alles wieder gut, so als hätte Eva nicht von der verbotenen Frucht genascht. [44]

Wölfe haben mit den Menschen übrigens viel gemein. Sie sind unter anderem neugierig und ängstlich. Die Wölfe haben ihre eigenen Reviere und ihre besonderen Hierarchien. Auch ein Weibchen kann Rudelführer werden. Gleichberechtigung!

Des Menschen Faszination für „andere Tiere" ist groß. Weniger aus Respekt. Liebend gerne greifen wir auf Tiere zurück, wenn es um Kosenamen für unsere Allerliebsten geht: Knuddelmaus oder Kuschelhäschen oder Knuffelbär. Das klingt niedlich und romantisch und so viel appetitanregender als ein Knuddelmensch, eine Kuschelfrau oder ein Knuffelmann. Auch Bärliherz klingt viel schöner als Menschliherz. Selbst Mauseschwänzchen ist überzeugender als Frauenschwänzchen. Und ein Plüschmann anstatt Plüschtiger käme wohl genauso schlecht beim Partner an wie Fräulein anstatt Rehlein oder ein Zuckermännlein anstelle von Zuckerschneckchen. Warum ist das so? Tiere sind einfach, nun, nennen wir es knuddeliger. Und mehr noch, Tiere stehen für heimliche Ideale wie Natürlichkeit, Schönheit, Pussierlichkeit, Sanftmut, Wachsamkeit und Stärke, auch wenn wir das nie zugeben würden. Denn wir halten uns ja für überlegen.

Tatsache ist: Tiere, Circus und Zoo sind ein fester Bestandteil der Erziehung. Kein Kinderzimmer und keine Kita ohne Plüschtiere. Und das ist gut so. Man stelle sich nur einmal ein behaartes Plüschmenschlein zum Streicheln vor! In wievielen Kinderliedern werden Tiere besungen! Und in wievielen Märchen müsste man tierische Helden durch zweifelhafte menschliche Gestalten als Vorbilder ersetzen. Durch Sportler vielleicht. Oder Künstler. Fragt sich bloß welche? Oder etwa durch sogenannte Hohe Tiere aus der Wirtschaft und der Politik: Vorstände, Aufsichtsräte, Parlamentarier, Regierungsmitglieder.

Wieso eigentlich spricht man gemeinhin von „Mensch" und „Tier" wie einem Gegensatzpaar, obwohl auch der Mensch ein Tier ist, ein Angehöriger der Spezies Homo sapiens? Ethische Grundfragen nach der Hierarchie zwischen den Spezies werden nicht gestellt. Der Mensch schreibt eine Kulturgeschichte des Tiers, wobei das Tier vor allem als Gegenstand menschlicher Kulturtätigkeit auftaucht. Die Tierforschung bleibt anthropozentrisch, also ein Blick auf die Welt aus der Sicht des Menschen. [45]

Viele Arten haben sich um ein Vielfaches länger auf der Erde behauptet als der *Homo sapiens*. Manches deutet darauf hin, der Mensch könnte nur eine relativ kurze Laune der Entwicklungsgeschichte gewesen sein. Am 3. November ist Weltmännertag. Am 19. November ist der Internationale Männertag. Zwei Gedenktage. Um das Mannestum sorgt sich die Welt gleich doppelt. Aus gutem Grund. Das stolze Geschlecht ist das schwache Glied. Das schwache Glied der Gesellschaft. Es wird als Erstes von der Evolution langsam abgeschafft. Der Mann ist vom Aussterben bedroht, wie die Indizien belegen. Wissenschaftler vermessen weltweit die Geschlechtsteile von männlichen Babys. Sie zählen ferner Schneckenembryos und wiegen Eisbärenhoden. Und überall das Gleiche: Die Männchen bilden sich zurück. Denn der Mann stirbt aus, allen voran der dänische Mann. Dänische Rekruten, die rein für Forschungszwecke masturbieren durften, erbrachten den niederschmetternden Beweis: Die Zahl der akzeptablen, für die Fortpflanzung geeigneten Spermien ist unaufhörlich gesunken und beträgt noch etwa zehn Prozent. Es ist höchste Zeit, rasch etwas davon einzufrieren. Schon heute fehlen Millionen Jungen weltweit.

Aber keine Bange! Der Mensch wird's schon richten. Denn er konnte sich nicht nur deshalb an die Spitze der Schöpfung spielen, weil er das gefährlichste Raubtier ist.

Der Tierwelt ginge es besser ohne den Homo animalis. Der Planet samt Flora und Fauna hat bessere Überlebenschancen ohne ihn. Die Krone der Schöpfung jedoch kann nicht ohne die anderen Tiere sein.

LITERATURVERZEICHNIS:

[1] vgl. „Im Namen des Pandas" von Lars Langenau in Süddeutsche Zeitung, 24.06.2011
[2] vgl. „Klammheimliche Verführer" von Reinhold Rühl in Süddeutsche Zeitung, 24.01.2009
[3] ebenda
[4] vgl. „In die freie Wildbahn" von Petra Bornhöft in DER SPIEGEL 7/2009
[5] ebenda
[6] vgl. „Der Ambition erlegen" von Heinrich Wefing in Süddeutsche Zeitung, 24.02.2011
[7] vgl. „Der Schwarm" in DIE ZEIT vom 10.11.2011
[8] vgl. Web vom 21.04.2013: http://www.esperantoo.nl/Protestferkel%20geboren.pdf
[9] vgl. Web v. 22.04.2013: http://en.wikipedia.org/wiki/Who%27s_Afraid_of_Red,_Yellow_and_Blue
[10] vgl. „Gebrauchsanweisung für moderne Kunst" von Saehrendt und Kittl, Verlag Dumont, 2007
[11] vgl. „Die Kunst der Illusion" von Harald Freiberger in Süddeutsche Zeitung, 09.03.2013
[12] vgl. „Gebrauchsanweisung für moderne Kunst" von Saehrendt und Kittl, Verlag Dumont, 2007
[13] ebenda
[14] vgl. „Subversive Flusskrebse" von Henrik Bork in Süddeutsche Zeitung, 06.11.2010
[15] vgl. „Fast alles, was Recht ist" von Uwe Wesel, Eichborn-Verlag, 1999
[16] vgl. „Die Zähmung des Menschen" von Rüdiger Safranski in DER SPIEGEL 38/2010
[17] ebenda
[18] vgl. Web vom 15.11.2011: PNAS, USA 2010: http://sciencev1.orf.at/news/76245.html
[19] vgl. „Ich war's" von Lennart Pyritz in Süddeutsche Zeitung, 06.07.2011
[20] vgl. „Die Supernasen" in Süddeutsche Zeitung, 02.02.2011
[21] vgl. „Auch Affenmädchen lieben Puppen" von Katrin Blawat in Süddeutsche Zeitung, 21.12.2010
[22] vgl. „Wir und was uns zu Menschen macht" von Werner Siefer, Campus-Verlag, 2010
[23] ebenda
[24] vgl. „Gut gedrängelt" von Helmut Martin-Jung in Süddeutsche Zeitung, 30.07.2011
[25] vgl. „Was den Rücken stark macht" von Jörg Blech in DER SPIEGEL 40/2011
[26] ebenda
[27] s. „Forensik: Jetzt mal ehrlich" von Rafaela von Bredow in DER SPIEGEL 1/2011
[28] ebenda
[29] ebenda
[30] vgl. „Soziobiologie: Wer hilft, dem wird geholfen" von Jörg Blech in DER SPIEGEL 51/2010
[31] ebenda
[32] ebenda
[33] vgl. „Verplüschen statt verseifen" von Christina Rietz in DIE ZEIT, 22.12.2010
[34] vgl. „Können Tiere Mitleid empfinden?" von Christoph Drösser in DIE ZEIT, 15.12.2011
[35] vgl. „Neuronengeflüster im Endhirn" von Günther Stockinger in DER SPIEGEL 10/2011
[36] ebenda
[37] vgl. „Animal Studies" von Hilal Sezgin in Süddeutsche Zeitung, 06.07.2011
[38] ebenda
[39] vgl. „Verplüschen statt verseifen" von Christina Rietz in DIE ZEIT, 22.12.2010
[40] ebenda
[41] vgl. „Mein Partner mit der kalten Schnauze" von Stefan Ulrich in Süddeutsche Zeitung, 10.09.2011
[42] vgl. „Ökologie: Guter Räuber, böser Räuber" von Rafaela von Bredow in DER SPIEGEL 38/2011
[43] ebenda
[44] ebenda
[45] vgl. „Animal Studies" von Hilal Sezgin in Süddeutsche Zeitung, 06.07.2011